ローランシアの秘宝を継ぎし者
往け、世界はこの手の中に

橘むつみ

21332

角川ビーンズ文庫

Contents

プロローグ ………… 007

Ⅰ　発端 …………… 020

Ⅱ　潜入 …………… 046

Ⅲ　邂逅 …………… 078

Ⅳ　誘拐 …………… 118

Ⅴ　過去 …………… 160

Ⅵ　襲撃 …………… 185

Ⅶ　船出 …………… 217

あとがき …………… 252

Characters
ローランシアの秘宝を継ぎし者
往け、世界はこの手の中に
イーディス・クラウン
圧倒的なカリスマでガリア商会をまとめる会長。裏では民間軍事組織『ゴッドアイ』の総領として暗躍する。
アルメリア・アストリッド
五年前に暗殺された国務大臣ジャスティス・アストリッドの娘。事件以降、盗賊として隠れ潜んで生きてきたが……。

ティルザ・アストリッド

アルメリアの弟。
冷静沈着で、盗賊としては情報収集を担当。

アレクト・レム・ローランシア

ローランシア王国第一王子。
幼い頃から後宮に引きこもっている。

ベオウルフ・サーチェス

イーディスの部下で、忠誠を誓っている。
真面目でやや苦労性。

ビルキス・レム・ローランシア

ローランシア王国を治める女王。
先進的で次々と改革を行っている。

ロックフェルト・ジェラルミ

王国騎士団《アストラルナイツ》団長。
王国一の腕前と称される剣士。

リシュエル・キース

王国騎士団《アストラルナイツ》副団長。
正確無比の弓の使い手。

本文イラスト／新井テル子

プロローグ

「お嬢《じょう》さん」

呼びとめられた瞬間《しゅんかん》、心臓が飛び跳《は》ねた。

敢《あ》えてすぐには反応せず、ゆっくりと振《ふ》り向く。重くて幅《はば》の広い、中年女性の体は使いにくい。それに、あまり機敏《きびん》な動きをしても怪《あや》しまれるだけだ。

「いやですよ、ご主人様。あたしゃお嬢さんなんて歳じゃありませんよ」

そう答えると、声をかけてきた人物は不敵に笑った。

この屋敷《やしき》の主人、イーディスは美貌《びぼう》の若者だった。闇夜《やみよ》の黒髪《くろかみ》、鮮《あざ》やかな緋色《ひいろ》の瞳《ひとみ》。上質な服をまとい、耳や首には贅沢《ぜいたく》に宝石をあしらった装身具が輝《かがや》いている。その全《すべ》てが彼の富貴《ふうき》を象徴《しょうちょう》していた。

「そこで何をしている」

イーディスの隣《となり》にいる従者が口を開いた。片手で抜《ぬ》き身の剣《けん》を構え、主人より半歩先にかばうような体勢で立っている。眼光は鋭《するど》く、一分の隙《すき》もない。

肉づきのよい体を揺《ゆ》らし、胸を張って答える。

「あたしゃ清掃《せいそう》係のメイドです。掃除《そうじ》をするのが仕事です」

「こんな夜中に？　熱心だな」

からかうようにイーディスが言い、緩《ゆる》く一つに結《ゆ》った黒髪が揺れた。

時刻は真夜中。屋敷の者は皆寝静《みなねしず》まり、風にそよぐ木々のざわめきだけが聞こえてくる。

ここは屋敷の東塔《ひがしとう》だ。母屋《おもや》と塔を繋《つな》ぐ渡《わた》り廊下《ろうか》は鉄柵《てっさく》で堅《かた》く閉《と》ざされ、螺旋《らせん》階段の上の宝物庫には侵入者《しんにゅうしゃ》除《よ》けの魔法陣《まほうじん》が敷《し》かれていた。

それが今ようやく張り巡《めぐ》らされた罠《わな》を無効化し、宝物庫の鍵《かぎ》を開き、目の前には山と積まれた金貨が光っている。あともう少しというところまで来ているのだ。ここで引き下がるわけにはいかない。

懐《ふところ》に手を入れるのと、従者がナイフを投げつけてきたのは同時だった。

首を軽く傾《かたむ》けることでナイフをかわし、懐から出した小さな球体を床《ゆか》に叩《たた》きつけた。たちまち黒い煙《けむり》が立ち上り、視界が遮《さえぎ》られる。

「煙幕《えんまく》……！」

従者は舌打ちした。

だが、その瞬間、螺旋階段を突《つ》き上げるように強い風が吹《ふ》き、煙は一瞬《いっしゅん》でかき消された。

「なっ……！」

驚《おどろ》いて動きが止まったところを、イーディスに両手首をつかまれ石壁《いしかべ》に押しつけられる。

「掃除は掃除でも、金庫を空《から》にするのがお前の仕事だろ？　アルメリア・アストリッド」

名前を呼ばれた瞬間、硝子《ガラス》が砕《くだ》けるような音が響《ひび》いた。

丸々と肥えた中年女性の殻《から》が脱《ぬ》げ、代わりに蜂蜜《はちみつ》色の髪《かみ》、蒼《あお》い瞳、華奢《きやしや》な体格が戻《もど》ってくる。

これが、本来のアルメリアの姿だった。

突然《とつぜん》の変貌《へんぼう》に驚いた様子もなく、アルメリアの瞳を間近で覗《のぞ》き込むと、イーディスは朗々とした声で告げた。

「表向きは俺の屋敷に雇《やと》われた住み込みのメイド、ハンナ。だがその正体は、金持ちの家に忍《しの》び込み、お宝をごっそり奪《うば》う盗賊《とうぞく》ってわけだ」

アルメリアは拘束《こうそく》を振りほどこうとするが、力の差は圧倒《あっとう》的だった。

鮮血《せんけつ》を思わせるその目が、何もかもを見透《みす》かす緋色の視線を注いでくる。アルメリアは目を逸《そ》らさず、真っ向からイーディスを睨《にら》みつけた。

「五年前に暗殺された国務大臣ジャスティス・アストリッドの娘《むすめ》。滅亡《めつぼう》したはずのアストリッド家の生き残り……随分《ずいぶん》捜《さが》したぜ」

ぎくりと背筋が強張《こわば》る。

——何でそれを。

「ま、世間的には一家心中ってことになってるがな」

表情から動揺《どうよう》を読み取ったのか、イーディスは軽い口調でつけ加えた。

「当時十一だったから、今は十六か。何の後ろ盾《だて》もないガキが、この小さな島国でよく五年も逃《に》げ回ったもんだよ。相当かくれんぼが上手だとは思ってたが、やはり《まじない》で姿を変えてたようだな」

——この男は私を捜していた。五年前の事件のことも知っている。

——なら、お父様とお母様を殺したのは……。

心臓が凍《こお》りつく思いで、アルメリアは彼を見上げる。

「けど、ちょっと腑《ふ》に落ちないいんだよなー」

と言うと、イーディスはアルメリアの耳元に唇《くちびる》を寄せ、低く囁《ささや》いた。

「お前、何で生きてんの？」

瞳孔《どうこう》が開き、息が詰《つ》まって喉《のど》がひきつる。

「五年前の事件でアストリッド大臣が死んだとき、館《やかた》にいた奥方と子どもも一緒《いっしょ》に殺されたはず。その後、何者かが証拠隠滅《しょうこいんめつ》のため火を放って館は焼失《しょうしつ》。だが、なぜか焼け跡《あと》から子どもの遺体は見つからなかった。骨の一本さえな」

体が震《ふる》え出す。背中に冷たい汗《あせ》が滲《にじ》む。アルメリアはごくりと唾《つば》を飲んだ。

「さて、これは一体どういうことかな？　説明してもらおうじゃねえの」

——どうすればいい？

力の差は歴然、しかもイーディスの背後には従者がいる。今ここで屋敷の床が崩《くず》れでもしない限り、逃げ出すのは困難だ。

かといって、諦《あきら》めるわけにはいかない。せめて、せめて『あの子』が無事逃げられるまでは

――。

何とかして時間を稼《かせ》ごうと、アルメリアは語り出した。

「さすがはイーディス様。その若さで、この国を裏で牛耳《ぎゅうじ》るだけはあるわ」

たっぷり皮肉のこもった物言いに、従者の腕《うで》がぴくりと動く。

イーディスはそれを目で制すと、軽く笑った。

「それは買いかぶりってもんだ。俺はただの商人だよ、ちょっと儲《もう》けてるだけのな」

「イーディス・クラウン。二十五歳。この国唯一《ゆいいつ》の商業組合であるガリア商会の会長。表向きは農作物から工芸品まで手広く売買を行う商人。でも裏の顔は、国内最大の民間軍事組織『ゴッドアイ』の総領。依頼《いらい》に応じて派遣《はけん》する用心棒という名目で養成した武装構成員を各所に配置し、国内の金の流れを監視《かんし》・統制している」

淀《よど》みない台詞《せりふ》を聞きながら、イーディスは余裕《よゆう》の表情を崩さず口の端《は》を吊《つ》り上げている。

だが、アルメリアの次の発言が波紋《はもん》を引き起こした。

「『ゴッドアイ』はもともと、為政者《いせいしゃ》の専横に対抗《たいこう》するため結成された自治組織。七年前、先代総領であるヴォルチェ・クラウンが創始し、他の自警団の吸収合併《がっぺい》により拡大。三年前、先代と、跡《あと》継ぎと目されていた彼の実子が死去。そして、血の繋がらない息子であるあなたが総領の座についた」

イーディスの顔色が変わったのを見て、アルメリアはすかさずその顎《あご》めがけて頭突《ずつ》きを食《く》らわせた。思わずイーディスが体勢を崩し、力が緩む。

その隙に腕を解《ほど》いて駆《か》け出したが、すぐ金縛《かなしば》りにあったように全身の自由を奪われた。凄《すさ》まじい力に上下左右から圧迫《あっぱく》され、呼吸すらできずに立ち尽《つ》くす。

背後から近づいてきた従者に羽交《はが》い締《じ》めにされ、首筋に剣を押し当てられる。

「それ以上喋《しゃべ》れば殺す」

「おいおい。そんな命令してないぞ、ベオ」

イーディスが軽く手を振ると、硬直《こうちょく》が解けて呼吸が戻った。

アルメリアは横目でベオと呼ばれた従者を見やった。どうやら、今のは彼の《まじない》らしい。数秒の間、他者の動きを止められる能力といったところか。

「その情報、誰《だれ》からどうやって仕入れた？」

問いかけに対して、アルメリアは沈黙《ちんもく》を貫《つらぬ》いた。

「簡単に調べられるようなネタじゃないんだがな……」

独り言のようにイーディスは呟《つぶや》く。

「私を殺せば、あなたやゴッドアイに関する不利益な情報が外部に流れる手筈《てはず》になってる。強大な組織とはいえ、あなたたちには敵も多い。どうなるか楽しみね」

「貴様っ」

ベオの締め上げる腕に力がこもり、アルメリアは痛みに顔をしかめつつも不遜《ふそん》に笑う。

「どうする？　イーディス様」

イーディスはしばらく真顔で、値踏《ねぶ》みするようにアルメリアを見つめていたかと思うと、

「……合格だ」

「は？」

「お前のその調査力と、数日でここまで辿《たど》りついた手腕《しゅわん》を買ってやる」

彼はピアスを外し、アルメリアの足元に向かって投げ捨てた。室内の灯《あか》りを浴びて輝くそれは、朝露《あさつゆ》を連ねたような白銀にエメラルドをちりばめた、精巧《せいこう》な造りの逸品《いっぴん》だった。

ピアスとイーディスを交互《こうご》に見比べたアルメリアだが、長い指で顎を持ち上げられて上を向かされる。

「盗賊として雇ってやるよ。それは前金だ。任務を成功させれば命は取らない、見合うだけの報酬《ほうしゅう》は払《はら》う」

「任務？　いや、それより合格って何よ。まさか私を試《ため》してたとでも言うの」

「そのまさかさ」

イーディスはにやりと笑う。

だが、アルメリアには信じられなかった。

「私を……殺すつもりじゃないの？」

「言ったろ？　雇ってやるって。今のところは生かしておいてやるよ。任務に使えそうな奴《やつ》を殺すのはもったいないからな」

「馬鹿馬鹿《ばかばか》しい」

アルメリアは吐《は》き捨てた。ハンナの変装を見抜《みぬ》いていたのなら、最初から捕《と》らえればいいのだ。それを悠長《ゆうちょう》に泳がせておいて、合格？　意味が分からない。それに目的が何であれ、五年前の事件を知った上で自分を雇うだなんて、どうかしている。

「信じる信じないはどうでもいいけどな。とにかく、お前らにはやってもらうことがある」

「任務だか何だか知らないけど、あんたに利用されるくらいなら死んだほうがましよ」

「そんなこと言っていいのかな？」

イーディスは目を細めると、薄《うす》く笑った。

「お前が死んだら、大事な弟はどうなる」

全身から血の気が引いた。

「お前らがペアで動いてることは分かってるんだよ」

心臓が縮み上がる。わずかに残っていた強がりと意地は消え、心が恐怖《きょうふ》で埋《う》め尽くされていく。

「残念だが、俺にはったりは通用しないぞ。商人は情報が命だ、取引する品については調べ尽くして当然」

アルメリアは最後の悪あがきを試みた。

「弟なんていない。この盗《ぬす》みは、私一人でやったことよ」

「だから無駄《むだ》だって言ってんのに……」

イーディスは溜息《ためいき》まじりに言う。

「ま、いいや。証拠《しょうこ》を見せてやるよ」

彼が手を叩《たた》くと、扉《とびら》の陰《かげ》から両手足を鎖《くさり》に繋《つな》がれた少年が姿を現した。眼鏡をかけた知的な眼差《まなざ》しは、アルメリアの瞳《ひとみ》と同じように蒼《あお》く澄《す》んでいる。

その瞬間《しゅんかん》、アルメリアは動いていた。

「何……っ⁉」

ベオが驚愕《きょうがく》の声を上げた。それもそのはず、アルメリアは喉元《のどもと》に水平に押し当てられていた剣《けん》をつかんで回転させ、あろうことか自分の首ごと背後のベオの肩《かた》を刺《さ》したのだ。勢いに任せて一切《いっさい》手加減しなかったため、アルメリアの指と首筋からは血が噴《ふ》き出していた。ベオがあと少し剣を引くのが遅《おそ》ければ、彼は重傷を負い、アルメリア自身の首も太い動脈をえぐられていたことだろう。

刹那《せつな》に生じた機会をとらえ、アルメリアは弟に向かって突進《とっしん》した。だが、すぐに体が動かなくなる。目だけを動かして見ると、ベオが《まじない》を使ったらしく、右の手のひらを強く握《にぎ》りしめている。

「くっ……」

見えない拘束《こうそく》を引きちぎってでも進もうとするアルメリアに、少年は言った。

「姉さん、落ちついて」

少年の後ろでもう一人の従者が剣を構え、喉元に突《つ》きつけている。それが目に入ると同時に、イーディスが言った。

「それ以上動くと、弟が死ぬことになるぞ」

先ほどより短い時間で金縛りが解けると、アルメリアは床《ゆか》に崩れ落ちた。

ベオが容赦《ようしゃ》ない力で右腕《みぎうで》をひねり上げてくる。腕がへし折れるかと思うほど壮絶《そうぜつ》な痛みが襲《おそ》ったが、アルメリアは眉《まゆ》すら動かさなかった。

激しい憎悪《ぞうお》のこもった瞳で、低く、

「放せ」

ベオはぞっとした顔で呟いた。

「こいつ……痛みを感じないのか」

もちろん、そんなはずはない。首や指からは血がどくどくと流れ、腕は死ぬほど痛む。いつ殺されてもおかしくない状況《じょうきょう》だ。しかし、恐怖や痛みに勝《まさ》る圧倒《あっとう》的な力が、アルメリアを突き動かしていた。

「やれやれ。まるで野生の獣《けもの》だな」

イーディスはどこか愉快《ゆかい》げに言った。

床にしたたり落ちた血は、点々と赤い花を咲《さ》かせている。

彼はしゃがみ込み、アルメリアと目を合わせると、口を開いた。

「随分《ずいぶん》と無茶《むちゃ》するねえ。首、血だらけだぞ？」

だが、アルメリアの瞳はイーディスを素通《すどお》りして、弟しか見ていない。

「イーディス様。この女、俺が今ここで」

「黙《だま》ってろ、ベオウルフ」

冷徹《れいてつ》な表情で言い伏《ふ》せ、イーディスは少年の方へ向かう。

「いやー、麗《うるわ》しき姉弟愛《きょうだいあい》だ。なあ？　弟君」

「ティルザ！」

叫《さけ》んだアルメリアをよそに、イーディスはティルザの耳元で何事か呟く。

すると、ティルザはがっくりと項垂《うなだ》れるようにして頷《うなず》いた。

「ティルザ、ティルザ‼　っ放せっ!!!」

ベオの腕の中でもがくアルメリアに、ティルザは静かに「姉さん」と呼びかけた。

それだけで、アルメリアの瞳に光が灯る。

「落ちついて。僕は大丈夫《だいじょうぶ》だから。とにかく今はこの人たちに従おう」

「でも……」

「ね？」

ティルザは泣き笑いのような表情で、首を傾《かし》げてみせた。

アルメリアは長い睫毛《まつげ》を伏せ、黙っていたが、やがて顔を上げて言った。

「……分かった。あなたたちに従う」

「いい子だ」

イーディスは満足げに微笑《ほほえ》む。

「ベオ、放してやれ」

「よろしいのですか」

驚《おどろ》いたようにベオは問い返したが、イーディスはあっさりと頷く。

解放されたアルメリアは、よろめきながらティルザに駆《か》け寄り、強くしがみついた。

「ティルザ……ごめんなさい、私……」

「ううん、しくじったのは僕だよ。ごめん姉さん」

アルメリアは弟の頭を撫《な》で、無事を確かめるように何度も肩や背中をさする。

「怪我《けが》はない？」

平静を保とうとしても、出たのは今にも泣き出しそうな弱々しい声だった。

ティルザはゆっくりと首を振《ふ》り、もう一度繰《く》り返した。

「大丈夫だよ。何もされてない」

前髪《まえがみ》を上げて額を見せ、にっこりする。アルメリアが額に口づけると、ティルザも同様に彼女の額に口づけた。

そしてようやく腕を離《はな》し、大きく息をつくと、アルメリアは警戒《けいかい》を解除した。

両手を上げた状態で立ち上がり、イーディスに問いかける。

「で？　私に何をさせる気」

「まあ、そう慌《あわ》てるなよ」

彼は意味深に笑うと、鍵《かぎ》を取り出してティルザの両手足の縛《いまし》めを解く。これにはティルザ本人だけでなく、ベオも驚いたが、イーディスは「いいんだよ」と言い含《ふく》めた。

「お前も、もう下がっていいぞ」

イーディスはもう一人の従者に命じると、ベオに向き直った。

「ベオ、止血してやれ」

「……かしこまりました」

ベオは渋々《しぶしぶ》といった様子で懐《ふところ》から布を取り出し、包帯の要領でアルメリアの指と首にきつく巻きつけた。今更《いまさら》ながら痛みが込み上げてきて、思わず顔をしかめる。

「痛いか」

イーディスに問われ、アルメリアはそっぽを向いた。

「別に」

「意地張るなよ。痛いに決まってんだろ」

じゃあ何で聞くのよ、とアルメリアは思ったが、口には出さないでおいた。

とにかく今は耐《た》えるしかない。ティルザの命がかかっているのだから。

I　発端

ローランシアは女王が治める島国の名前である。

国民は皆《みな》一つの血族であり、誰《だれ》もが生まれながらに《まじない》の力――魔力《まりょく》を有する。能力は一人に一種類で血統によって継承《けいしょう》され、父親の能力が息子《むすこ》に、母親の能力が娘《むすめ》に引き継《つ》がれる。同じ能力でも本人の持つ資質によって、《まじない》の規模や威力《いりょく》は大きく変わる。

魔力が発現するのは十歳前後、生まれつきの才能が全《すべ》てであり、後天的な努力によって能力を伸《の》ばすことは不可能である。

かつて、《まじない》を使える一族は単に『魔導師《まどうし》』と呼ばれ、大陸の奥地で暮らしていた。だが、その貴重な力を利用しようと企《たくら》む者は多く、魔導師たちは常に他国に付け狙《ねら》われていた。魔導師たちは『《まじない》の秘密を知った者は殺す』という血の掟《おきて》を定め、侵略《しんりゃく》から身を守ろうとしたが、《まじない》の力を求める者は止《とど》まるところを知らなかった。

繰り返される争いに誰もが疲弊《ひへい》したころ、族長は一つの決断を下す。

――故郷であるラクリモサの森を捨て、誰にも脅《おびや》かされない国を創《つく》ろう。

そうして二百年前、創成の魔導師と呼ばれる四家が中心となり、大陸から遥《はる》か遠く離れた場所に島を創り上げ、自らをローランシアと称《しょう》した。さらに外敵を阻《はば》むため、島の周囲の大気と海を竜巻《たつまき》で隔《へだ》てる結界を張った——魔導結界《アルス・マグナ》である。

王家であるレム家を筆頭に、王家の分家筋のルッ家、『王家の盾《たて》』と呼ばれるハミルトン家と、『王家の矛《ほこ》』と呼ばれるレリスタット家が創成の魔導師の血筋である。その中でも魔導結界《アルス・マグナ》に携《たずさ》わったとされるレリスタット家は、現在も国政に影響《えいきょう》力を有し、絶大な権力を握っていた。

しかし、魔導結界《アルス・マグナ》そのものは、最初こそ崇《あが》められていたが、外敵に晒《さら》されることのない月日と共に忘れ去られてゆく。そして『《まじない》』の秘密を知った者は殺す』という血の掟さえ形骸《けいがい》化し、今では『自分の《まじない》は結婚《けっこん》相手にのみ教える』というしきたりだけが残っていた。


手当てがすむと、四人はイーディスの執務《しつむ》室で机を囲んで腰《こし》かけた。部屋の隅《すみ》にはランプの灯《あか》りが淡《あわ》く揺《ゆ》れている。

「さて、お前たちを見込んでの依頼《いらい》だ。ある方を王宮から盗《ぬす》み出してほしい」

唐突《とうとつ》な切り出し方に、アルメリアは眉《まゆ》を寄せた。

——王宮？

「ある方、というのは」

ティルザが促《うなが》すと、イーディスは頷いて言った。

「ビルキス女王陛下の第一王子、アレクト殿下《でんか》だ」

アルメリアは怪訝《けげん》な顔つきで、

「正気で言ってるの？」

「もちろん」

楽しげなイーディスの横で、ベオは小さく嘆息《たんそく》した。

イーディスはアルメリアを指さして言う。

「お前にはクラウン家の縁者《えんじゃ》を装い、侍女《じじょ》として後宮に上がってもらう。当然変装の上、偽名《ぎめい》でな。あとは機会を待って王子と接触《せっしょく》し、この屋敷《やしき》にお連れする」

「一介《いっかい》の新入り侍女に、殿下にお目にかかる機会があるとは思えないけど？」

「それはお前のやり方次第《しだい》さ」

辛辣《しんらつ》な指摘《してき》に、イーディスは笑《え》みを含んだ目で応じた。

——王子を誘拐《ゆうかい》？

そんな馬鹿《ばか》げた話、うまくいくはずがない。この男は何が目的なのだろう。

「知ってのとおり、ローランシアを治めているのはビルキス女王陛下だ。アレクト殿下も十六、本来なら領地を治めたり、公務に取り組まれてもいいお年頃《としごろ》だが……ご病弱ということで、公《おおやけ》の場には一切《いっさい》姿を見せておられない」

「つまり、サボってるってことでしょ？」

アルメリアが言い刺《さ》すと、イーディスは苦笑《くしょう》した。

「さあな。俺にもよく分からん。が、王子不在でも無事に政務が回ってるってのは、陛下の手腕《しゅわん》によるところが大きいだろうな」

「女王陛下は随分《ずいぶん》と先進的な方らしいですね」

ティルザが口を挟《はさ》んだ。

「そもそも王位は男性が継《つ》ぎ、女性が長子の場合は補佐《ほさ》につくか他家に嫁《とつ》がれるのがほとんどなのに、ビルキス様はあくまで直系長子であるご自分の継承権を主張されたと聞いています」

「さすが元国務大臣の息子、よく知ってるな」

「恐《おそ》れ入ります」

感心したようなイーディスの口ぶりに、しれっとした顔でティルザは応じる。

「食えないねえ」

とイーディスは笑って呟《つぶや》くと、表情を改めた。

「あの方が即位《そくい》されてから二十年、良くも悪くもこの国は様変わりした。とはいえ、あまりに急進的すぎて法整備が及《およ》んでいなかったり、国民感情が追いついていない政策も多い。そこを本来なら王子が補佐すべきところなんだろうが……」

「後宮に引きこもって出てこない、と」

アルメリアは鼻に皺《しわ》を寄せる。

「そういうことだな。殿下が国民の前にお出ましになったのは、十歳におなりになった生誕祭が最後。現在も後宮でお暮らしになっていることは確かだが、身辺にはわずかな者しか立ち入りを許されていない。可愛《かわい》い可愛い箱入り息子ってところだな」

「で、僕たちにその大事な箱入り息子を奪《うば》えと言うんですね？」

ティルザが鋭《するど》い目で尋《たず》ねると、イーディスはにやりと笑った。

「ああ、そのとおりだ」

アルメリアは腕《うで》を組んで言い放つ。

「王子を誘拐する理由は？」

「金《ビジネス》だよ。ある人物から依頼があってな」

「見下げ果てた奴《やつ》ね」

「こそ泥《どろ》に言われる筋合いはないな」

しゃあしゃあとイーディスは言い返すと、人差し指の先に黒い小箱を載《の》せて回した。

「転移魔法陣《まほうじん》だ。見たことあるか？」

小箱の側面には金で微細《びさい》な魔導文字が彫《ほ》られている。手をかざすと反応し、空気が音を立てて振動《しんどう》した。

アルメリアは目を細める。魔法陣は秘術とも呼ばれる極秘《ごくひ》中の極秘技術で、現在ではごく一部の者しか生成に携わっていない。当然、個人が使用するとなれば目玉が飛び出るぐらい高価な額になる。アルメリア自身、間近で見たことがあるのは数回きりだった。

「この屋敷の地下に、同じ魔法陣が敷《し》いてある。王子を見つけ、本人に触《ふ》れながら発動させれば、自動的にここまで飛んでくるって寸法だ」

な、簡単だろ？　とイーディスはあっさりと言ってのける。

「王族を誘拐すれば、国家反逆罪で死刑《しけい》です。金のためにそこまでのリスクを冒《おか》すのは、いかがなものかと思いますが」

婉曲《えんきょく》な言い回しでティルザが退路を作ろうとする。

イーディスは底意地の悪い笑みで腕を広げた。

「だから、お前らに働いてもらうんだよ。万一失敗したところで、足がつく心配はないからな。何せお嬢《じょう》さんも弟君も、書類上は死んだ人間なわけだから」

その優美な声を聞きながら、アルメリアは冷静に判じた。

この男、相当頭が切れる。こちらの事情を把握《はあく》した上で、はなから便利な捨て駒《ごま》として利用している。怜悧《れいり》で冷酷《れいこく》、目的のためなら手段は選ばないタイプだ。さすが国内最大の民間軍事組織を統《す》べるだけのことはある。

――五年前の事件も同じ？

金を積まれ、依頼されてアストリッド家を襲撃《しゅうげき》したのだろうか。

だとすると、たとえ任務が成功したところで、自分もティルザも口封《くちふう》じに始末される可能性が高い。

――何とかしてこの男の手から逃《のが》れなければ。

翌朝、屋敷の客室で目を覚ましたアルメリアは、ドアの外の気配に気づいて耳をすました。控《ひか》えめなノックが二回聞こえた後、

「お嬢様。入室してもよろしいでしょうか」

「どうぞ」

許可すると、美しい白髪《はくはつ》の女性が銀のカートに朝食を載せてやってきた。

アルメリアの外見が本来のものに戻《もど》ってしまったため、相手は気づいていないようだが、こちらは相手の顔に見覚えがあった。ハンナとして屋敷に潜入《せんにゅう》した際、親切に仕事を教えてくれたメイド長だ。

思わずお礼を言いかけて、慌《あわ》てて口を噤《つぐ》む。ここで妙《みょう》なことを口走っては大変だ。

「今日はいいお天気ですよ。窓をお開けしますね」

メイド長はにこやかに言うと、手際《てぎわ》よく部屋の窓を開けていく。朝の瑞々《みずみず》しい空気と、透明《とうめい》な光が差し込んできた。

いい部屋だ。アルメリアは周囲を見回して思う。広々として清潔な室内に、天蓋《てんがい》つきの大きなベッド。家具や調度品が上質なのはもちろん、クリーム地に小花柄《こばながら》の壁紙《かべがみ》や深紅《しんく》のカーテンといった細部に至るまで、趣味《しゅみ》のよさが行き届いている。今まで寝起《ねお》きしていた使用人部屋も悪くはなかったが、この客室は別格だった。

――ふかふかのベッドで寝《ね》るなんて、何年ぶりかな……。

しみじみと感慨《かんがい》に耽《ふけ》っていると、メイド長が口を開いた。

「申しおくれました。わたくしはこの屋敷のメイド長を務めております、ブリジットと申します」

礼儀《れいぎ》正しく頭を下げられ、アルメリアは戸惑《とまど》った。本名を名乗るのは論外だし、かといって元ハンナですと言うわけにもいかない。

だが、ブリジットはアルメリアに何も尋ねてこなかった。恐らくイーディスから詮索《せんさく》するなと指示を受けているのだろう。アルメリアはほっとしつつも、少し寂《さび》しかった。

焼きたてのパンにオムレツ、サラダにコーンクリームスープ、クランベリージュース。食後のホットチョコレートまで、何もかもおいしかった。毒が入っていないかと警戒《けいかい》したが、殺す気なら昨日の夜に殺されていただろうと思い直す。

――ティルザは無事かしら。

あの後、ティルザは別の部屋に連れていかれてしまった。人質《ひとじち》なのだから、少なくとも任務が完了《かんりょう》するまでは殺されないはずだが……。

じわじわと足元から不安が忍《しの》び寄ってくる。

アルメリアが両手を握《にぎ》り合わせていると、何の前触《まえぶ》れもなくドアが開いた。

「よう、元気か」

室内に入ってきたイーディスが、そのまま当然のようにアルメリアの正面に腰《こし》かける。

「イーディス様」

ブリジットが目を丸くして言った。

「お越《こ》しになるのでしたら、二人分のご用意をさせていただきましたのに」

「いいっていいって。ありがとな、下がっていいぞ」

イーディスがひらひらと手を振《ふ》り、「かしこまりました」と恭《うやうや》しくお辞儀《じぎ》をしてブリジットは退室する。

二人きりの空間に、沈黙《ちんもく》が満ちた。

「ティルザはどこにいるの」

イーディスはアルメリアの問いかけを無視して言った。

「今からお前の名前はシルヴィアだ。シルヴィア・モンテミリオン。資本家階級で、小麦商を生業《なりわい》とするモンテミリオン家の三女。年は十四」

額に人差し指を突《つ》き立ててきたので、アルメリアは邪険《じゃけん》に振り払《はら》い、テーブルに両手をついて身を乗り出した。

「ティルザはどこにいるのかって聞いてるの」

「お前はそればっかだなー」

イーディスは呆《あき》れぎみに笑う。

「心配しなくても取って食いやしねえよ。大事な預かり物だからな」

アルメリアは疑念のこもった眼差《まなざ》しを注ぐが、イーディスは意に介《かい》さなかった。

「手筈《てはず》が整うまで、しばらくここで過ごしてもらうぞ。その間にシルヴィアの設定を頭に叩《たた》き込んで、侍女《じじょ》らしい振る舞《ま》いができるよう礼儀《れいぎ》作法も完璧《かんぺき》に覚えろ。あとは後宮の基礎《きそ》知識と、連絡役《れんらくやく》との接触《せっしょく》方法も確認《かくにん》しとけよ」

言いながらイーディスの手が首に伸《の》び、アルメリアはびくりとした。冷たい手が首筋に触れ、包帯の上をなぞる。その手が今度は肩《かた》から指先まで動き、慎重《しんちょう》な手つきで包帯をほどき始めた。

「ちょっ、何すんのよ！」

硬直《こうちょく》していたアルメリアだったが、ようやく椅子《いす》を蹴倒《けたお》して立ち上がった。

イーディスはあっさりした口調で言う。

「包帯ちゃんと巻いとけ。ほどけかけてるぞ」

「余計なお世話よ！　放《ほ》っといて」

「あっそ」

イーディスは立ち上がった。

「屋敷《やしき》内は自由にうろついていいぞ。お前が外に出ようとするなら、弟君の身の安全は保証しないけどな」

「ティルザに会わせて」

「駄目《だめ》」

満面の笑《え》みで却下《きゃっか》され、アルメリアは唇《くちびる》を噛《か》みしめた。

「悪魔《あくま》……」

「何とでも」

棘《とげ》を含《ふく》んだ視線を受け流され、代わりに頭の上に手を置かれる。

「任務が成功すれば弟君は無傷で返す、それが約束だ。商人はビジネス上の約束をたがえたりしない。俺のことは信じられなくても、その約束だけは信じてもらっていい」

イーディスはアルメリアの目を見つめ、確信のこもった口調で言った。

背を向けて歩き去ろうとする彼に、思わず問いかける。

「ちょっと待って」

「何だ？」

振り返った彼の、緋色《ひいろ》の瞳《ひとみ》と目が合う。

「五年前の」

と言いかけ、アルメリアは口を噤んだ。

「……何でもない」

イーディスはふっと笑った。

「まずはその痛々しい傷を治せ。話はそれからだ」

そして軽く片手を上げると、扉《とびら》の向こうへ消えていった。

アルメリアはベッドの上に腰を下ろし、盛大に溜息《ためいき》をつくと、瞼《まぶた》を閉じた。

――怖《こわ》い。

イーディスが何を考えているのか分からない。立派な客室、親切なメイド長、怪我《けが》の具合を気遣《きづか》うそぶり。それらは全《すべ》て、アルメリアを駒《こま》として利用するためのものなのだろうか。

このまま利用するだけ利用されて、殺される？　そんなのは嫌《いや》だ。

五年前の真実が知りたい。両親のためにも、自分のためにも。

でも、それより何より、早くティルザを取り返したい。ティルザのそばにいたい。

——ティルザがいなきゃ、私は一歩も前に進めない……。


クローゼットにずらりと並んだ服は、どれも華美《かび》なレースや繊細《せんさい》な刺繍《ししゅう》の施《ほどこ》された贅沢《ぜいたく》なものばかりだった。着ていた服は武器ごと没収《ぼっしゅう》されてしまったので、アルメリアはその中から一番無難と思われる白のシンプルなドレスを選んだ。ブリジットに身支度《みじたく》を手伝ってもらって髪《かみ》を結《ゆ》い上げ、ヒールの靴《くつ》を履《は》くと、鏡に映る自分はそれなりに令嬢《れいじょう》らしく見える。

見つめていると、昔のことを思い出して、ふと胸が痛んだ。

首を振って気分を切り替《か》え、アルメリアは部屋を出た。イーディスから直々に自由行動の許可も出たことだし、何としてもティルザを捜《さが》し出すつもりだった。

イーディスは自信があるのだ。いくらアルメリアを放置しても、一人きりで逃亡《とうぼう》できるはずがないと。きっとアルメリアが自由にしている分、ティルザの行動は制限されているに違《ちが》いない。二人が接触することのないよう、監視《かんし》の網《あみ》が張り巡《めぐ》らされているのだろう。

——ティルザ……どこにいるの？

屋敷はコの字型をした横長の建物で、東と西に塔《とう》があり、それぞれ渡《わた》り廊下《ろうか》で繋《つな》がれている。

一階は応接室や居間、食堂や遊戯室《ゆうぎ》で、二階が執務室《しつむ》や客室、寝室《しんしつ》だった。二階には瀟洒《しょうしゃ》な石造りのバルコニーがあり、コの字の中央部分に広がる庭を見下ろすことができる。

庭に下りたアルメリアは、そびえ立つ二つの塔を見つめて目を細めた。やはり屋敷の構造上、ティルザが捕《と》らえられているとしたら東か西の塔だろう。出入りできる通路が一本しかなく、外側からも内側からも容易に侵入《しんにゅう》できない造りになっている。

ティルザが何とかして居場所を知らせてくれないかと、わずかな望みをかけて見つめたが、塔からは何の合図もなかった。

「お嬢様《じょうさま》、何かお探しですか？」

不意に背後から声をかけられ、アルメリアは飛び上がった。

感じのいい若者が近づいてきて、微笑《ほほえ》みかけてくる。

「あなたは……」

「ここで下働きをしております、ネイトと申します」

帽子《ぼうし》を取ってお辞儀され、アルメリアはぎこちなく顎《あご》を引いた。

作業着姿に手袋《てぶくろ》をはめている様子から、どうやらネイトは庭の手入れをしている最中らしい。

「こんな広いお庭を、一人で手入れしてるの？」

「いえ、とんでもない。僕以外にも庭師の方がいて、剪定《せんてい》や肥料のことなんかを教えてもらってます」

「そう……」

アルメリアは辺りを見回した。草木はのびのびと、生命力に満ち溢《あふ》れて輝《かがや》いている。きちんと愛され、手をかけられている証拠《しょうこ》だ。それに、これだけの庭を美しい状態で維持《いじ》するには、かなりのお金と人手が要《い》る。イーディスの経済力は相当なもののようだ。

「あの男……いえ、イーディス様は、どんなお方なのかしら」

半ば独り言のように呟《つぶや》くと、ネイトがぱっと明るい笑顔になる。

「素晴《すば》らしいお方ですよ。あの若さでガリア商会の会長を務めておられるだけでもすごいのに、僕らみたいな使用人にも分け隔《へだ》てなく接してくださるんですから」

しみじみと実感のこもった言い方に、アルメリアは複雑な気分だった。

「僕とか、あとベオさんもですけど、ここで働いてる使用人って、ほとんどが小さい頃《ころ》に親を亡《な》くした身寄りのない人間なんです。金がないから学校にも行けないし、訓練を受けてないから職にもつけない。イーディス様は、そういう僕らを拾って育ててくださった恩人です」

アルメリアは無意識のうちに心臓を手で押さえていた。

——同じだ……私たちと。

忘れることはできない。親を亡くし、家を失くし、着る物も食べる物もなく、寒さと飢《う》えに震《ふる》えながら過ごした絶望的な月日を。

そこから救い上げてくれる手を、どれほど待ち望んだことだろう。

自分たちには、それが与《あた》えられることはついぞなかった。だが、ネイトやベオにはイーディスがいた。彼らにとってイーディスは命の恩人であり、親同然の存在なのだ。

だが、イーディスは商人だ。商売で儲《もう》けて利益を上げるのが仕事であり、金さえ積まれれば王子をも誘拐《ゆうかい》するような悪党だ。身寄りのない子どもを拾って育てても、何の得にもならない。なぜ、そんなことをするのだろう。

立ち尽《つ》くすアルメリアの背後で、「では、僕はこれで」とネイトは去ろうとする。

「あ、ちょっと待って」

アルメリアが袖《そで》をつかんで引きとめると、驚《おどろ》いたように目を瞬《しばた》かせた。

「何でしょうか？」

「あ、えっと」

まさか、ティルザはどこかと聞くわけにもいかない。なら、せめてイーディスの動向だけでも知りたい。

「イーディス様は今、お仕事中かしら」

ぎこちなく尋《たず》ねると、ネイトは頷《うなず》いた。

「そうですね。今日は来客が数件と、それ以外は執務室にいらっしゃると思います」

「ありがとう」

アルメリアが微笑むと、ネイトは「ごゆっくり」と言って立ち去った。

園庭は薔薇《ばら》の香《かお》りに満たされていた。

心地《ここち》のよい太陽の光を浴びて、アルメリアはゆっくりとそぞろ歩きをする。薔薇の花弁にこぼれた朝露《あさつゆ》が水晶《すいしょう》の輝きを放っている。赤、黄、白と、色とりどりの花が咲《さ》き乱れ、背の高い茂《しげ》みやアーチが迷路《めいろ》にも似た遊歩道を形作っている。

木陰《こかげ》や美しい東屋《あずまや》もあり、ここでお茶を飲んだり本を読んだりして一日中過ごしていられそうだ。ただし、軟禁《なんきん》状態でなければの話だが。

アルメリアは指を伸《の》ばし、薄《うす》いピンク色の花弁を撫《な》でた。そして軽く溜息をつく。わざと人気《ひとけ》のないところを歩いてみたが、誰《だれ》かがついてくる気配はない。監視がつけられているのは間違《まちが》いないが、よほどうまく気配を消しているのだろう。

さりげなく背後を確認《かくにん》しようとした途端《とたん》、腰《こし》に手を回され、ぎゅっと抱《だ》きつかれる。

「え、え⁉」

見ると、小さな子どもが頭をアルメリアの腰あたりに押しつけ、両手を回してしがみついていた。

「こら、リュート！　やめなさい！」

後ろから母親らしき女性が走ってきて、子どもを引き離《はな》そうとした。が、子どもは頑《かたく》なに頭を埋《うず》めたまま、アルメリアから離れようとしない。

女性は困った顔で言った。

「ごめんなさい。この子ったら、あなたを見た途端、突然駆《とつぜんか》け出していってしまって」

「いえ……」

と応じつつ、アルメリアは女性と子どもを交互《こうご》に見つめる。

「お姉ちゃん綺麗《きれい》だね！　それにすっごくいい匂《にお》いがする！」

ぱっと顔を上げると、子どもは目をきらめかせて言った。三歳か四歳ぐらいだろうか、茶髪《ちゃぱつ》で目がくりっとした、愛らしい顔立ちをしている。

「僕、こんな綺麗な人、見たことないよ！　お姫《ひめ》様みたいだ」

興奮状態の子どもに、アルメリアはたじたじとなった。

確かに綺麗なドレスを着ているが、自分はお姫様ではないし、いい匂いがするのは、薔薇の近くにいて匂いが移ったのだろう。そう言いたかったが、果たして子どもに通じるかどうか。

アルメリアの戸惑《とまど》った様子を見て、女性は胸に手を当てて言った。

「ごめんなさい、うちの子が失礼なことを言って。私はサラ。この子は私の息子《むすこ》でリュートです。今日は、イーディス様にお話があって伺《うかが》ったのですけれど……」

約束もせずに来てしまったのだと、サラはばつの悪そうな顔で言った。

「あのね、僕ね！　ここで働くんだ！」

リュートが元気よく言った。

「お姉ちゃんは誰？　イーディス様のお嫁《よめ》さん？」

とんでもない発言に、アルメリアは引っくり返りそうになった。子どもって恐《おそ》ろしい。

違《ちが》うと答える間もなく、リュートは叫《さけ》んだ。

「ねえねえ、イーディス様に会わせてよ！」

ドレスの裾《すそ》を引っ張られて、アルメリアはよろめいた。

「やめなさいって言ってるでしょう！」

サラが声を張り上げ、リュートをぐいと引き離した。リュートの目に、みるみるうちに涙《なみだ》が溜《た》まってゆく。

アルメリアは慌《あわ》てて口を挟《はさ》んだ。

「あの、今日はどういったご用件で……？」

その場しのぎの問いかけだったが、サラは安堵《あんど》したように口を開いた。

「実は私、先月主人に先立たれまして」

アルメリアは息を呑《の》んだ。

「まあ。それは……」

うまく言葉が続かない。

サラはまだ若く見えるし、リュートも小さい子どもだ。母一人子一人で、これからどうやって生きていくのだろう。

「漁師でしたから、海が時化《しけ》れば命を取られることもある。それは分かっていたことでしたけれど、やっぱり生活はどんどん苦しくなってしまって」

サラは俯《うつむ》いた。

「厚かましいお願いですが、イーディス様にご相談に乗っていただけないかと思って、こちらまで出向いた次第《しだい》です。突然《とつぜん》の訪問で、無礼は百も承知なのですが……」

「どちらからいらしたのですか」

ガウシアです、とサラは答えた。首都アスケラから北へ五千メルほど離れた港町である。そんなところから子ども連れでやってくるだけでも、相当大変だったはずだ。

アルメリアが労《いた》わりの言葉をかけようとすると、背後からよく通る声がした。

「こんにちは」

「イーディス様！」

イーディスの姿を見て、サラは恐縮《きょうしゅく》した様子で頭を下げる。

「まあまあ、そうかしこまらずに。どうぞお入りください」

イーディスは穏和《おんわ》な物腰《ものごし》でサラを導いた。

「君はどうする？」

「僕はお姉ちゃんと遊んでる！」

リュートに指さされ、「えっ!?」とアルメリアは二度目の悲鳴を上げる。

イーディスはくっくっと喉《のど》の奥で笑った。

「随分《ずいぶん》気に入られたみたいだな？」

「リュート。お姉さんを困らせちゃ駄目《だめ》よ」

サラはたしなめたが、イーディスは「いえいえ」と愛想《あいそ》よく応じた。

「構いませんよ。な？　シルヴィア」

もはや拒否権《きょひ》があろうはずもない。アルメリアは引きつった笑顔《えがお》で手を振《ふ》った。

二人が話し合っている間、アルメリアは庭でリュートと追いかけっこをしたり、応接間の横にある娯楽室《ごらくしつ》でパズルをしたり、絵本を読んだりと、目まぐるしい時を過ごした。そうしている間は、目の前のことだけに集中しているせいか、緊張感《きんちょうかん》や重圧が少しだけ軽くなる。

「ありがとうございました」

玄関口《げんかんぐち》で何度も頭を下げるサラの目には涙が光っていた。彼女は息子の手を引き、しっかりとした足取りで歩いていく。

腕組《うでぐ》みしたイーディスはにやにや笑いながら言った。

「よう。モテモテだったな、お嬢《じょう》さん」

アルメリアは肩《かた》をすくめる。

「お忙《いそが》しそうね、ガリア商会の会長様は」

「いや、今日はましな方さ。ギルドの会合がないからな。この後は来客が一件と、晩餐会《ばんさんかい》にちょっと顔を出せば用事はすむ」

皮肉ったつもりがまともに返され、アルメリアはたじろいだ。

イーディスは二人が見えなくなった後も、その行く末を案じるように見つめている。

「……サラさんのこと、どうするの？」

立ち入った質問だったが、意外にもイーディスは返答を拒《こば》まなかった。

「住み込みで雇《やと》ってくれる手芸店があるから、そこを斡旋《あっせん》した。手先が器用で針仕事が得意らしいから問題ないだろう。向こうも人手不足だと言ってたしな」

「そう……」

アルメリアは睫毛《まつげ》を伏《ふ》せた。

今日一日で分かったことだが、イーディスのもとにはひっきりなしに人が訪《おとず》れ、経営や金銭についての相談が持ちかけられる。その一つ一つに対応し、助言するのが彼の仕事らしい。

ガリア商会はあくまでゴッドアイの隠《かく》れ蓑《みの》であり、単なる資金源にすぎないと思っていたアルメリアだったが、どうやら考えを改めなければならないようだった。

「で？　お探しのものは見つかったのかな、お嬢さん」

腕組みしたイーディスがこちらを見下ろしてくる。その瞳《ひとみ》にはからかうような色があった。

どうせティルザを捜し回っていたこともばれているのだろう。アルメリアは溜息をついた。

「何もかもお見通しってわけね」

「探《さぐ》り回るのは自由だが、聞きたいことがあるなら素直《すなお》に尋《たず》ねるのも一つの方法だぞ」

「聞いたら答えてくれるの？」

「それはお前の聞き方次第だな」

硝子《ガラス》窓を透《す》かし、繊細《せんさい》な陽《ひ》の欠片《かけら》が差し込んでくる。

その瞳が朝より少しだけ和《やわ》らいでいるように見えて、アルメリアは思いきって問いかけた。

「あなた、昨日言ってたでしょう。アストリッドの生き残りである私たちを捜してたって」

イーディスは黙《だま》ってアルメリアの目を見つめた。

「殺すためじゃなく、任務とやらに利用するために、五年も私たちを追ってたの？」

「言っとくが、お前らを追ってたのは俺たちだけじゃない。他《ほか》の連中も血眼《ちまなこ》になって捜してた。ジャスティス・アストリッドの名が持つ威力《いりょく》は、良くも悪くも絶大ってことだ。そして、お前たち二人は紛《まぎ》れもなくその血を引いている」

決然とした面持《おもも》ちでイーディスは言った。

「知ってのとおり、ガリア商会ってのはこの国唯一《ゆいいつ》の商業組合だ。全商家を束ねている限り、商売敵《がたき》はいないも同然。だが、そのガリア商会の最大の敵だったのが、国務大臣ジャスティス・アストリッドだった」

「どうして？　お父様は国の発展のために尽《つ》くしていらしたはず。商業を弾圧《だんあつ》するようなことなんて……」

言いかけたアルメリアだったが、イーディスの表情に思わず口を噤《つぐ》んだ。その瞳は、まるで刃《やいば》のような暗い光を孕《はら》んでいる。

だが、イーディスはすぐにいつもの不敵な笑みを取り戻《もど》した。

「ま、あとは自分で考えな。お嬢さん」

その言い方と表情が父ジャスティスにそっくりで、アルメリアは息を呑んだ。自分の見たものが信じられず、瞬《まばた》きを繰《く》り返す。

――こんな男、お父様とは似ても似つかないはず。

なのに、どうして話す声や仕草に、父の面影《おもかげ》が重なるのだろう。

――私の馬鹿《ばか》……ただの勘違《かんちが》いよ。

アルメリアはかぶりを振ると、懸命《けんめい》に考えを打ち消そうとした。

ふと甘い香《かお》りがして顔を上げると、イーディスが一輪の薔薇《ばら》をアルメリアの髪《かみ》に差している。

「よくお似合いですよ」

胸に手を当てて優雅《ゆうが》にお辞儀《じぎ》され、アルメリアは白々しい顔で言った。

「イーディス様に花を差していただけるなんて、光栄の極《きわ》みですわ」

ははっ、とイーディスは笑い声を上げる。

「面白《おもしろ》い奴《やつ》」

「ねえ、あなた何者？」

どうせはぐらかすだろうと思いつつ、アルメリアは率直《そっちょく》に尋ねてみた。

イーディスは緋色《ひいろ》の目を細める。

「それはこっちの台詞《せりふ》なんだがな」

「ほら、素直に聞いたところで答えないじゃない」

むくれたアルメリアの頭の上に手を置き、イーディスは優《やさ》しく言った。

「……後で部屋に薔薇を届けさせよう。香り袋《ぶくろ》が作れるし、花弁を紅茶に入れて飲めば美容にもいい」

「結構よ」

素っ気なく断ると、イーディスは苦笑《くしょう》した。

「薔薇はお気に召《め》さないかな？」

「いいえ、好きよ。どんな花も草木も」

アルメリアは髪に差した薔薇の柔《やわ》らかい花弁を指でなぞる。

そして真っすぐに顔を上げ、イーディスに向き直って言った。

「だって、植物は嘘《うそ》をつかないでしょう？」

絶句するイーディスを置き去りに、アルメリアは歩き出す。

――そう、植物は嘘をつかない。

何も奪《うば》おうとせず、ただ生命力を与《あた》え、心と体を癒《いや》してくれるだけだ。汚《けが》れた大気を静かに浄化《じょうか》し続けながら。

――嘘をつき、心を汚すのは、いつだって人間だけ。

II 潜入

背中に手を回してティルザにしがみつき、アルメリアはじっと目を閉じていた。

くっつけた額から、ほんのりと温《ぬく》もりが伝わってくる。

――生きてる……。

自分は生きており、ティルザもまた生きている。そのことを確かめるように、何度も何度も抱《だ》きしめた腕《うで》に力を込める。

「準備できたか？」

ノックもなしに入室してきたイーディスを見て、ティルザは苦笑気味に腕を離《はな》した。アルメリアは思いっきり顔をしかめる。

「邪魔《じゃま》。入ってこないで」

イーディスはアルメリアの姿に目を瞠《みは》ると、愉快《ゆかい》げに口笛を吹《ふ》いた。

「へえ、大したもんだな。肖像画《しょうぞうが》のとおりだ」

アルメリアの本来の容姿は消え失《う》せ、そこにいたのは深窓の令嬢《れいじょう》という言葉がぴったりの美少女だった。

透きとおるような翡翠《ひすい》色の髪と瞳が、白磁の肌《はだ》に映《は》えている。つつましやかな鼻梁《びりょう》と薄桃色《うすももいろ》の唇《くちびる》、優雅な弧《こ》を描《えが》いた眉《まゆ》。侍女《じじょ》勤めのため、動きやすい質素な黒い服を着ているが、それが余計に彼女の清楚《せいそ》な美しさを引き立てていた。

怪我が治るまでの約二週間。シルヴィアという人物に成りすますに当たって、誕生日から家族構成まで詳細《しょうさい》な設定が与えられたが、容姿についてはさらに徹底《てってい》されていた。イーディスから肖像画を見せられ、後宮に上がる際はこの姿を完璧《かんぺき》に再現しろと命じられたのである。

「もう一度聞くが、お前の《まじない》は、本名を呼ばれるか自分で言うまでは半永久的に効果が続く。そうだな？」

「ええ、そのとおりよ」

答えると、イーディスはじっとアルメリアの顔を見つめてくる。

「……何？」

怪訝《けげん》な顔で問いかけると、イーディスは「いや」と含《ふく》み笑いで応じた。

「これで俺とお前も晴れて結婚《けっこん》できると思ってな」

「はあ？」

「自分の《まじない》を明かすときは結婚するとき。お嬢《じょう》さんなら知ってるだろ」

「何を言い出すかと思えば……今どき、そんなしきたり誰《だれ》が守るのよ」

アルメリアは心底呆《あき》れた顔で言う。そこへティルザがやんわりと割って入った。

「イーディスさん。出立前に姉と会わせてくださって、ありがとうございました」

「どういたしまして。弟君は、お嬢さんの百倍いい子だな」

「お礼なんて言う必要ないわよ、ティルザ」

アルメリアは刺々《とげとげ》しい口調で言い、イーディスを睨《にら》みつける。

「お前は本当、可愛《かわい》くないやつだな」

「可愛くなくて結構。もういいから出てってくれる？」

イーディスは要求を聞き流し、嫌《いや》みっぽい口調で述べた。

「ま、さすがは元国務大臣の娘《むすめ》らしく、礼儀《れいぎ》作法は完璧だったらしいな。どこに出しても恥《は》ずかしくないお嬢さんだと、ブリジットが太鼓判《たいこばん》を押してたぞ」

言い返そうとするが、イーディスは懐中時計《かいちゅう》に目を落として言った。

「時間だ。行くぞ」

手を引かれ、「待って」とアルメリアは抵抗《ていこう》した。

だが、イーディスにひょいと持ち上げられ、荷物のように背中に担《かつ》ぎ上げられる。

「待って。ティルザ！」

「大丈夫《だいじょうぶ》だよ。姉さん、どうか気をつけて」

ティルザは駆《か》け寄ってくると、何かを堪《こら》えるような笑顔《えがお》で言った。

「必ず戻るからね。それまでの辛抱《しんぼう》よ」

アルメリアが叫《さけ》ぶと同時に、絶望的な音が響《ひび》いて扉《とびら》が閉《と》ざされる。

涙《なみだ》が出そうだった。

あの日から、一日たりとも離れたことはなかった。アルメリアの世界にはティルザしかおらず、ティルザさえいればそれでよかった。

――ずっとこのままでいられると思ってたのに。

「泣くなよ。化粧《けしよう》が崩《くず》れるからな」

イーディスは淡々《たんたん》と言って歩き続ける。

その背中の振動《しんどう》を感じながら、アルメリアはきつく唇を噛《か》みしめた。

――絶対に任務を成し遂《と》げてティルザを助け出し、この男に目にもの見せてやる。


馬車に揺《ゆ》られながら、アルメリアは久しぶりにじっくりと街並みを眺《なが》めていた。

ローランシアは紡錘形《ぼうすい》をした小さな島国で、国土の北西側三分の一は不毛の山脈に覆《おお》われている。その裾野《すその》に森が広がっていて、炭鉱と緩《ゆる》やかな丘陵地帯《きゆうりようちたい》があり、農作に適した土壌《どじよう》は南東部のごくわずかな地域だ。島の北東部には港町ガウシアがあり、漁業が盛んである。他《ほか》にもいくつか農村と漁村があるが、人々はおおむね島の東側に固まって暮らしていた。

国内最大の都市が首都アスケラで、総人口の約七十%が生活している。綺麗《きれい》な円形をした街の周囲には高い塀《へい》がそびえ立ち、東西南北にそれぞれ門があって、王国騎士団《アストラルナイツ》の騎士が門衛として常駐《じようちゆう》している。首都の中央にあるのが王宮で、近くには政庁と貴族街がある。その外周を取り巻くのが商業地区、歓楽《かんらく》街、学術地区、住宅街である。

商業地区は『女王のお膝元《ひざもと》』と呼ばれ、首都の南側の大部分を占《し》めていた。食料品から衣類、日用品、武具、装飾品《そうしょく》まで何でも買いそろえることができる。商家の看板に刻まれた紋章《もんしょう》はその家の生業《なりわい》を示すもので、右上隅《みぎうわずみ》には必ずガリア商会所属を意味するGの飾《かざ》り文字が記されている。また市場《マーケット》と呼ばれる定期市も盛んで、果物や肉や魚を扱《あつか》う屋台が出るなど、活気に溢《あふ》れていた。

「……ティルザがいたら、何でも買ってあげたのに」

憎《にく》らしいほど晴れ上がった青空を見上げ、アルメリアは呟《つぶや》いた。こんなに天気のいい日は、目に映るはずのない魔導結界《アルス・マグナ》さえ見える気がする。

首都が国土の中央に置かれているのは、魔導結界《アルス・マグナ》へ魔力《まりょく》を供給するためだ。アスケラ自体が巨大《きょだい》な魔法陣《まほうじん》になっており、王宮では王族が魔導結界《アルス・マグナ》に力を注ぐための場所が存在する。魔導結界《アルス・マグナ》は七千メルほど離れた島の周囲を円柱状に覆っており、気流と海流を乱して竜巻《たつまき》を起こすことで外界と国土を隔《へだ》てている。

だが、その魔導結界《アルス・マグナ》自体は不可視の結界で、目を凝《こ》らしても、遠くに渦巻《うずま》く海と気流の壁《かべ》が存在するだけである。ゆえに今日《こんにち》では、日常生活において魔導結界《アルス・マグナ》を意識することはほとんどなかった。

馬車を走らせること十分ほどで、壮麗《そうれい》たる白亜《はくあ》の宮殿《きゅうでん》が見えてくる。

アルメリアはごくりと唾《つば》を飲み、膝《ひざ》の上で手を握《にぎ》りしめた。

——ここが……王宮。

女王が治める国の、その中枢《ちゅうすう》。遠くて近い場所、恐《おそ》れながらも憧《あこが》れていた場所。かつて父が手腕《しゅわん》を発揮した舞台《ぶたい》に、今、全く別の形で立とうとしている。

門の前で許可証を確認《かくにん》されると、アルメリアは女官《にょかん》の先導で女官長の部屋へと案内された。

廊下《ろうか》はおそろしく長く、足が沈《しず》み込むほどふかふかの絨毯《じゅうたん》が敷《し》かれている。王宮の中は美しい柱廊《ちゅうろう》や精緻《せいち》な紋様《もんよう》をほどこした欄干《らんかん》が幾重《いくえ》にも広がり、目もくらむような豪華《ごうか》さだった。

「女官長様。新しく入った侍女がご挨拶《あいさつ》に参りました」

執務《しつむ》室の机に向かい、女性が熱心に書き物をしている。女官が声をかけても気づかないのか、しばらく返答はなかった。

アルメリアは自ら進み出ると、はきはきした口調で言った。

「シルヴィア・モンテミリオンと申します。侍女として少しでもお役に立てるよう励《はげ》みますので、どうぞよろしくお願い申し上げます」

そこでようやく、女官長と呼ばれた女性は顔を上げる。

アルメリアが膝をかがめて優雅《ゆうが》に一礼すると、女性は黒縁《くろぶち》眼鏡の奥の厳格な瞳《ひとみ》を向けて言った。

「女官長のヴァネッサ・アーネストです。後宮における庶務《しょむ》と人事の一切《いっさい》はわたくしが取り仕切っています。あなたも本日から、わたくしの指揮下に入っていただきます」

「はい、女官長様」

折り目正しくアルメリアは頷《うなず》く。

後宮で働くためには、必ず身分ある者に推薦《すいせん》状を書いてもらい、後見人を立てなければならない。また、階級に応じて入宮した際の身分が変わる。

女性の場合、下女、侍女《じじょ》、女官、女官長という順に身分は上がっていく。表向きは能力と功績に応じて昇格《しょうかく》が可能とされているが、平民階級は下女にしかなれず、資本家階級は侍女からのスタートであり、女官になれる者はごくわずかだ。最初から女官として入宮が許され、女官長の地位につけるのは貴族階級の娘のみだった。

シルヴィア・モンテミリオンは資本家階級の娘という設定だから、ここでは下から二つ目の身分である侍女となる。仕事内容は主に下働きや、女官の小間使いだと聞いていた。

アルメリアは女官長ヴァネッサの指示を待っていたが、彼女がかすかに唇《くちびる》を半開きにして、食い入るような目で見つめてくるのでたじろいだ。

――まさか、正体がばれた？

背筋がひやりとする。

だが、アルメリアの心配をよそに、ヴァネッサはややぎこちなく言葉を続けた。

「いいですか。王宮や後宮には、さまざまな立場の方が出入りなさいます。くれぐれも他人の身分や素性《すじょう》を詮索《せんさく》しないように。また、あなた自身も出自や後見人の名は伏《ふ》せなさい。そして最後に、これが最も重要ですが、ここで見聞きしたことは全《すべ》て他言無用です。ほんの一部でも外部に漏《も》らすことを固く禁じます」

「承知いたしました、女官長様」

「後宮とわたくしたち使用人は信頼《しんらい》関係で成り立っています。軽はずみな言動であなたが信用を失えば、それはあなたの推薦者や後見人の名誉《めいよ》を損《そこ》なうことに繋《つな》がります。よく覚えておきなさい」

「御意《ぎょい》にございます」

真っすぐな瞳でヴァネッサを見つめ、アルメリアは頭を下げる。すると彼女は別の女官を呼び、そのまま持ち場に向かうことになった。

女官長の執務室を出てようやく、ほっと胸を撫《な》でおろす。

——よかった……何とかうまく潜《もぐ》り込めたみたい。

だが、問題はこれからだ。

なるべく早く王子と接触《せっしょく》し、魔法陣を起動する機会を作らなければ。

侍女たちの朝は早い。

夜明けと共に起床《きしょう》、身支度《みじたく》をして割り当てられた掃除《そうじ》場所に向かう。アルメリアは大部屋の先輩《せんぱい》侍女たちと六人で、だだっ広い回廊《かいろう》の窓という窓を拭《ふ》き、床《ゆか》を掃《は》く作業に従事した。

午前七時、使用人用の食堂で手早く朝食をとる。三十分後には、洗濯《せんたく》室で洗い上がったばかりのリネン類、衣服、絨毯やカーテンを専用の乾燥《かんそう》室へ持っていって干す。それが終われば園庭の草花に水やりをし、昼食の下ごしらえの手伝いをし、使用されていない部屋の換気《かんき》をする。合間合間に女官から繕《つくろ》い物や書類仕事などの雑用を命じられ、それらもてきぱきとこなしていく。女官の中には嫌《いや》がらせでわざと大量の用事を言いつける者もおり、侍女との間で火花が散る場面もあった。

後宮と主宮を含《ふく》めた王宮全体での女官の数は約百名、侍女はおよそ三百名といったところだ。アルメリアは驚異《きょうい》的な速さで業務内容を飲み込みつつ、後宮の見取り図と女官たちの勢力図を正確に把握《はあく》していった。

王族と直《じか》に接し、食事の配膳《はいぜん》や来客の取次、着替《きが》えや手紙の受け渡《わた》しといった身の回りの世話を行うには女官以上の身分が必要となる。アルメリアの侍女という立場では、王子に近づくことはもちろん、姿を見ることさえ不可能だった。

「大体、王子はどこにいるっていうのよ」

迷ったふりをして庭園を散策しながら、アルメリアは呟いた。

せめて女官なら、もう少し正確な情報がつかめるだろうが、侍女では限界がある。後宮は広く、建物も人間関係も迷路《めいろ》のように入り組んでいる。貴族の後ろ盾《だて》なく後宮に入り、限られた予備知識のみで任務を達成するのは至難の業《わざ》だ。

とはいえ、イーディスには勝算があるらしい。恐らく切り札は、この姿だ。

アルメリアは小さな溜《た》め池の水面《みなも》に映った、シルヴィアとしての姿を見つめる。翡翠《ひすい》色の髪《かみ》と瞳。派手ではないが清雅《せいが》に整った目鼻立ち。誰《だれ》かは知らないが、肖像画《しょうぞうが》が残っているほどだから、かなりの重要人物だろう。イーディスは彼女を餌《えさ》として、王子をおびき寄せるつもりだ。

――あの噂《うわさ》が本当なら、この顔は恐らく……。

「ルシオラ姫《ひめ》!?」

突然《とつぜん》悲鳴が上がり、アルメリアは反射的に身構えた。

振《ふ》り向くと、四十歳くらいだろうか、オレンジ色の短い髪をした女性が、あんぐりと口を開けて立ち尽《つ》くしている。

アルメリアが当惑《とうわく》気味に「あの」と声を発すると、彼女は青ざめたまま猛烈《もうれつ》な速さでこちらに駆《か》け寄ってきた。

「生きてる。どうして。あなたは……」

服装から彼女を女官と見てとると、アルメリアは膝をついてこうべを垂れた。

「どうかお許しください、女官様。わたくしは先日入宮したばかりの侍女で、シルヴィアと申します。厨房《ちゅうぼう》へ向かう途中《とちゅう》、こちらに迷い込んでしまって」

女官は目を白黒させていたかと思うと、慌《あわ》てた様子で謝った。

「あら、ごめんなさいね、人違《ひとちが》いをしてしまったみたい。私はモニカ。アレクト殿下《でんか》の乳母《うば》をしているの。以後よろしくね、シルヴィア」

「こちらこそ、よろしくお見知りおきくださいませ」

おしとやかに応じながらも、アルメリアは心の中で快哉《かいさい》を叫《さけ》んだ。これだ！　まさかこんな場所で、最重要人物に出会えるとは思わなかった。

何しろ乳母といえば、王子にとって母親より影響《えいきょう》力の強い人物。選定されるためには地位や人となりはもちろん、非常に厳しい審査《しんさ》に通らなければならない。地位は女官であっても、後宮での立場は断トツの一位で、場合によっては女官長すらしのぐ発言権を持つ。

「厨房まで行くのね？　送っていきましょう」

思いがけない気さくさで彼女は言うと、歩き出した。アルメリアは遠慮《えんりょ》がちに後ろをついていく。言い逃《のが》れのため、とっさに庭園から最も離《はな》れた厨房を指定したのが吉《きち》と出たようだ。

「モニカ様。一つよろしいでしょうか」

「なあに？」

彼女はおっとりとした様子で振り返る。

「先ほどおっしゃっていたルシオラ姫というのは、」

言いかけた途端《とたん》、

「しっ」

と、モニカは人さし指をアルメリアの唇に押し当てた。

「その名は口にしてはいけないのよ。ここではね」

あんたさっき思いっきり叫んでたじゃん、とアルメリアは内心突《つ》っ込んだが、大人しく黙《だま》っていることにした。

モニカは道端《みちばた》にしゃがみ込み、誰かの靴《くつ》に踏《ふ》まれてしおれている薄紫《うすむらさき》色の花弁に優《やさ》しく触《ふ》れた。そして不思議な旋律《せんりつ》の歌を口ずさむ。

アルメリアは目を瞠《みは》った。

その花が、いや、後ろに生えている木々の枝まで、見る間に生長していくではないか。葉っぱの一枚一枚が、息を吹《ふ》き返したかのように生命力を発散している。

――《まじない》の力……。

神妙《しんみょう》な面持《おもも》ちでアルメリアが見つめていると、モニカは照れ笑いを浮《う》かべた。

「内緒《ないしょ》よ」

おかしい。妙《みょう》だ。王子付きの乳母ともあろうものが、会ったばかりの他人の前で《まじない》の力を披露《ひろう》するなんて。乳母の権力や地位を利用しようと企《たくら》み、付け狙《ねら》う者は山ほどいる。後宮では、誰がいつどこで危害を加えてくるか分からないのだ。

アルメリアは訝《いぶか》った。

「種はね、もともと自分の中に芽吹《めぶ》く力を持っているの」

柔《やわ》らかな花弁を愛《いと》おしげに指先で撫で、モニカは青空に手を伸《の》ばす。

「私は植物とお話をして、その力をほんの少し助けてあげるだけ。そういう《まじない》を神様から授《さず》かったから」

「素敵《すてき》な力ですね」

「ありがとう」

モニカはにこっと笑う。

「歌は植物にしか効かないの。でも女王陛下は、人の心にも効くようだとおっしゃってくださった。アレクト殿下のために毎日子守歌《こもりうた》を歌ってくれないかと、直々にお命じくださったの」

風が梢《こずえ》を渡る。アルメリアはなびく髪を押さえて目を細めた。

「ルシオラ姫は、私の歌を好きだと言ってくださった。私たちで王子を、共に、支えていこうと……」

モニカの瞳《ひとみ》が潤《うる》み、顔を覆《おお》って嗚咽《おえつ》を押し殺す。その背中は信じられないほど隙《すき》だらけだった。のんびりしているのか、よほど肝《きも》が据《す》わっているのか。

「……先輩方に伺《うかが》いました。後宮には幽霊《ゆうれい》が出ると」

モニカは顔を上げる。庭園に静寂《せいじゃく》が満ちた。

「アレクト殿下の婚約者《こんやく》の亡霊《ぼうれい》が夜な夜な徘徊《はいかい》し、出くわした者は死ぬと噂になっております。事実なのですか」

ルシオラ姫は現財務大臣エルゴ・ハミルトンの娘《むすめ》。ハミルトン家は創成の魔導師《まどうし》の一族で、『王家の盾《たて》』と呼ばれる国内随一《ずいいち》の貴族である。聡明《そうめい》で敬虔《けいけん》な彼女は五歳で修道院に入り、十二歳で史上最年少の司祭となり、宮廷《きゅうてい》礼拝堂の聖歌詠唱隊《えいしょうたい》の詠師《えいし》に着任。そこでアレクト王子の目に留《と》まり、十三歳で正式に後宮へ召《め》し上げられる。一年前のことだった。

当時十五歳だったアレクト王子に正妃《せいひ》や側妾《そくしょう》はおらず、家柄《いえがら》、人となり共に整ったルシオラ姫は正妃となることが確実視されていた。後宮の規則にのっとり、一年間は【春の君】として王子の傍《そば》に仕え、翌年婚礼《こんれい》の儀《ぎ》が執《と》り行われることが決まっていたという。

しかし一月《ひとつき》ほど前、ルシオラ姫は晩餐《ばんさん》中に突然血を吐《は》いて苦しみ、そのまま死亡。表向きは病死として処理されたが、明らかな毒殺に後宮中が震撼《しんかん》した――。

事件のことは国民には一切《いっさい》知らされておらず、公《おおやけ》になっていない。後宮で働く者には守秘義務があり、情報が一般《いっぱん》市民に漏《も》れることはないためだ。が、さらにルシオラ姫の件には女王直々に箝口令《かんこうれい》が敷《し》かれた。それほど重要で、かつ隠《かく》さなければならない事情があったのだろう。

とはいえ、これだけセンセーショナルな事件が起これば、誰かに話したいと思うのが人情だ。後宮内部であれば、身内意識もあって余計に口は緩《ゆる》みやすい。結果としてシルヴィアのような新入りは先輩侍女《せんぱいじじょ》に捕《つか》まえられ、事件のことを何度も聞かされる羽目になるのである。

モニカは考え込んでいたが、しばらくして口を開いた。

「これも何かの巡《めぐ》り合わせかしらね。……あなたは、そのルシオラ姫にそっくりよ」

——やっぱり。

アルメリアは確信を得て、右手を握《にぎ》りしめた。

イーディスが指定したこの変装は、生前のルシオラ姫を元にしているのだ。

侍女たちから噂を集めることはできても、肝心《かんじん》のルシオラ姫の顔は分からなかった。侍女の身分では、そもそも王族やその婚約者と面会できないからだ。だからシルヴィアの姿を見ても、彼女たちは全く反応しなかった。

しかし、お目通りがかなう身分だったモニカは、シルヴィアの姿が死んだはずのルシオラ姫にそっくりだと知っている。だから、こんなにも仰天《ぎょうてん》したのだ。初めて会ったとき、女官長《にょかん》の態度が不自然だったのも、きっとこのためだ。

「アレクト殿下に婚約者がいらしたなんて、わたくし、知りませんでした」

「そうでしょうね。もともとルシオラ姫は妃候補《きさき》として入宮されたわけではなかったし、仮に妃となられる方であっても、婚礼の儀のときに初めて公の場に出られるのが慣習だから」

「でも、ルシオラ様はその婚礼の儀を待たずして亡《な》くなった……と」

「ええ……。悲しいことだわ。お亡くなりになってなお、殿下をお守りしようと姫がうつし世を彷徨《さまよ》っておられるだなんて」

モニカは悼《いた》むように目を伏《ふ》せた。

「王子のお皿にも毒は盛られていたのよ。けれど、先にお召し上がりになった姫が亡くなって、間一髪《かんいっぱつ》のところで命を落とされずにすんだ。あと少し遅《おそ》かったらと思うと、ぞっとするわ」

「毒を盛った者は見つかったのですか」

「いいえ」

と、モニカは首を振る。

「一つ言えるのは、王子に世継《よつ》ぎを作られると困る者が、王宮には確実に存在するということですね」

切り込むと、モニカは真っ赤な目をして堪《こら》えきれなくなったように、

「それだけじゃないわ。王宮は数年前から開国派と鎖国《さこく》派で二つに分かれて、水面下で争いが起こっているの」

アルメリアは大きく頷《うなず》いて続きを促《うなが》した。どうやらこの問題、なかなか根が深そうだ。

ここ十年ほどの間で急速に高まった気運、それは魔導結界《アルス・マグナ》を解いて国を開くべきだという開国派の主張だった。特に、税や身分制をリセットして新天地を目指したい平民階級からの要求

が強い。資本家階級の中にも、外界での一攫千金《いっかくせんきん》の機会を虎視眈々《こしたんたん》と狙っている者もいるという。

逆に鎖国派の筆頭が、現宰相《さいしょう》であるメラニー・レリスタットだ。創成の魔導師の血筋であるレリスタット家の当主で、目的のためには手段を選ばない辣腕《らつわん》家として有名だった。

「宰相閣下は徹底《てってい》的な鎖国派で知られているわ。そのメラニー様と蜜月《みつげつ》関係にあるのが女王陛下の弟君、シベリウス殿下《でんか》。第二王位継承者《けいしょうしゃ》ということもあって、あの方の権力は絶大よ」

王弟シベリウスの話は、アルメリアも小耳に挟《はさ》んでいた。

普段《ふだん》は南部地方の領主としてそちらに屋敷《やしき》を構えているが、儀式《ぎしき》や公の行事になると王宮に現れ、女王がお出ましになれないときは代理を務めることもある。

ルシオラの姿が心を呼び覚まし、よい効果になっているらしい。モニカは初対面とは思えないほど打ち解けた様子で話してくれている。今のうちにできる限り情報を引き出しておかなければと、アルメリアは思いきって問いかけた。

「アレクト殿下は、女王陛下の意志を継《つ》ぐ開国派ということでしょうか」

「そうねえ……」

モニカは鼻をかむ。

「殿下はまあ、その……ご病弱ということもあって、政《まつりごと》に対して明確な意志を打ち出されたことはないの。開国派の急先鋒《きゅうせんぽう》である女王陛下がいらっしゃる以上、反対はなさらないでしょうけど」

病弱で発言力がなく、後宮に引きこもり、寵愛《ちょうあい》する姫のことだけを考えている愚《おろ》かな王子。無視するのは簡単だろう。

「ハミルトン財務大臣は中立的立場を保っていらしたけれど、娘であるルシオラ姫が開国派の思想をお持ちになれば、後押しを受けてアレクト殿下も開国の意志を固められる。そうなる前に芽を潰《つぶ》しておきたいというのが本音だったのでしょうね」

「おそれながら、最終的に全《すべ》ての決定権は女王陛下にございます。鎖国派がどう出ようと、ビルキス様が国を開くと一言おっしゃればすむことではありませんか？」

率直《そっちょく》に尋《たず》ねると、モニカは頰《ほお》に手を当てて溜息《ためいき》をついた。

「もちろん、法律上はそうよ。主権者である王または女王の決定は、他《ほか》の何にも勝《まさ》る。けど、そうは言ってもこれほどの重大案件を独断で決めてしまっては、国民からの反発は免《まぬが》れないわ。それこそ反乱が起こるかもしれない」

開国か鎖国か。この国は今、張りつめた細い糸の上で拮抗《きっこう》し、かろうじてバランスを保っているのだ。

少しでも他から力が加われば——たちまち崩壊《ほうかい》する。

「仮に開国するなら、最低でも宰相と枢密院《すうみついん》の同意は必須《ひっす》でしょうね。政務官の意見を無視し、正規の手続きを踏《ふ》み倒《たお》せばどうなるか、女王陛下は五年前の事件でよく御存《ごぞん》じのはず」

「五年前の事件……？」

アルメリアが首を傾《かし》げると、モニカはいっそう声を低め、耳元で囁《ささや》いた。

「アストリッド大臣が亡くなられた事件よ」

全身が総毛立った。

「あなたも聞いているでしょう。史上最年少宰相の座は確実と言われていたジャスティス様が一家惨殺《ざんさつ》に遭《あ》った、あのおぞましい事件を」

惨《むご》い事件だったわ、とモニカは眉《まゆ》を寄せる。まるで、今なお血の臭《にお》いが濃《こ》く漂《ただよ》っているかのように。

膝《ひざ》が笑い出す。息が上がり、目が回る。飲み込んだ唾《つば》が石のように硬《かた》い。

「シルヴィア？」

モニカが怪訝《けげん》な顔で問いかける。

「顔色が悪いわ。大丈夫《だいじょうぶ》？」

渾身《こんしん》の力を振《ふ》り絞《しぼ》って、アルメリアは首を振った。

「いえ、何でもありません。ただ……あの事件は無理心中だと新聞にあったものですから」

「ああ……」

モニカは苦い顔をした。

「世間では、そういう話になってるみたいね。確かに新聞にはそう書いてあったけど、そんなの真っ赤な嘘《うそ》よ。王宮に身を置く者なら誰《だれ》でも分かること。ジャスティス様が一家心中を起こすだなんて、あり得ないもの」

「では、あの記事は捏造《ねつぞう》されたものだと？」

「恐らくね。どこかから圧力をかけられたのよ」

――この人も、五年前の事件のことを知っている。

――ううん、この人だけじゃない。王宮にいた人間は、あの事件が暗殺だったということは、みんな分かってるんだわ。

衝撃《しょうげき》だった。王宮の中と外では、こんなにも情報のレベルに格差があるのか。

「アストリッド大臣は開国派だったのですね」

「もちろんよ。そもそも、女王陛下に開国を進言したのはジャスティス様だもの」

モニカは大きく頷くと、瞳《ひとみ》を上向けて言った。

「あの方は……アストリッド大臣は、メラニー様に対抗《たいこう》し得る唯一《ゆいいつ》のお方だった。確かに改革を急激に推《お》し進めたことで、批難を浴びておられたのは事実よ。でも、誰より女王陛下の意志を汲《く》み、国のために尽《つ》くしておられた。史上初の平民出身宰相になられることを、多くの人が待ち望んでいたわ」

本当に残念なこと――。モニカは言って、祈《いの》るように瞑目《めいもく》した。

旗頭《はたがしら》であるジャスティスが暗殺され、開国派は大きな痛手をこうむった。次に殺されたのは、アレクト王子の婚約者《こんやく》、ルシオラ姫だ。王子自身の暗殺は未遂《みすい》に終わったが、たった一人の息子《むすこ》の身を脅《おびや》かすことで、開国派である女王を確実に牽制《けんせい》している。

それでも女王が開国しようとすれば、どうなる？

アルメリアが鎖国派なら、今度は王子を人質《ひとじち》に取り、女王に要求を突《つ》きつけるだろう。例えば二度と開国しないと国民に宣言することや、開国を禁ずる法律の策定などだ。

──そうか。だから、アレク卜様を誘拐《ゆうかい》するよう依頼《いらい》が入ったのね。

繋《つな》がっているのだ。五年前の事件、ルシオラ姫の暗殺、そして今回の任務。アレクト誘拐は、鎖国派からの依頼に違《ちが》いない。

ようやくイーディスの狙《ねら》いが読めた。が、分かったところでどうにもならない。思いどおりになるのは癪《しゃく》だが、失敗すればティルザが死ぬ。今ここで命令に背《そむ》くわけにはいかなかった。

いっそ、女王に助けを求めるのはどうだろう。父は女王の忠実なしもべであり、開国のために命を落とした。生半可な信頼《しんらい》関係ではなかったはずだ。その子どもたちが生きていると知れば、保護してくれる可能性はある。

いや──アルメリアは浮《う》かんだ考えを打ち消した。リスクが高すぎる。一般人《いっぱん》が女王と面会するには幾《いく》十もの手続きを踏まねばならず、アレクト殿下に会う以上に至難の業《わざ》だ。それに、たとえ運よく会えたとしても、女王が言い分を信用してくれるとは限らない。アルメリアが女王と勝手に接触《せっしょく》したことがイーディスに露見《ろけん》すれば、即座《そくざ》にティルザは殺されるだろう。そんな一か八《ばち》かの賭《か》けはできない。

アルメリアが思案に暮れていると、

「ローランシアの秘宝」

「え？」

ぎくりとし、アルメリアは一瞬《いっしゅん》、素《す》の表情に戻《もど》っていた。

モニカはあどけなく笑う。秘密の暗号を打ち明ける子どものように。

「開国を願う国民は、アストリッド大臣を敬意と理想を込めて呼んだのよ。ローランシアの秘宝――と」


窓の塞《ふさ》がれた馬車に揺《ゆ》られながら、ティルザは所在なげに手を膝の上でぶらつかせていた。

わざと迂回《うかい》して感覚をぼかそうとしているが、恐らく市街地から郊外《こうがい》へと街道《かいどう》を南下している。伝わる荒《あら》い振動《しんどう》が、舗装《ほそう》された道から砂利《じゃり》道へと変わり始めたことを教えてくれる。

「いいもの見せてやるよ」

と唐突《とうとつ》に言われ、館《やかた》から連れ出されて十数分。向かい合って腰《こし》かけるイーディスは、いたずらっ子のように瞳を輝《かがや》かせている。

殺すつもりなら、わざわざ連れ出す必要もない。何が目的だろう。

「心配すんなって」

思考を先回りしたのか、イーディスはあっけらかんと言った。

「疑《うたぐ》り深いのは悪いことじゃない。お前らのいた環境《かんきょう》じゃ、『人を見たら泥棒《どろぼう》と思え』っていうのも至言だよ。でもな、あらゆる可能性を想定したところで、なお凌駕《りょうが》するのが現実ってもんだろ？　結局、考えても仕方ないってことさ」

ティルザは周囲を観察した。

馬車の馭者《ぎょしゃ》一人と従者が二人。イーディスを含めてたった四人だ。殺すのは無理にしても、逃亡《とうぼう》できなくはない。

けれど、王宮にはゴッドアイとの連絡役《れんらく》としてベオが潜入《せんにゅう》している。《まじない》を抜《ぬ》きにしても、その強さは相当なものだ。ティルザが逃《に》げれば、彼は容赦《ようしゃ》なく姉を殺すだろう。

「なあ、お前さ、いつ寝《ね》てんの？」

出し抜けの質問に、ティルザは顔を上げた。

「見張りの奴《やつ》に聞いても、寝てるところを見たことないって報告受けてるんだが」

イーディスは緋色《ひいろ》の瞳でじっと見つめてくる。ティルザはこの男の目が苦手だった。それは血の色の目だった。

「僕の体、ほとんど睡眠《すいみん》が必要ないらしいんですよ」

「へえ。便利だな」

イーディスは軽く受け流し、「あんまり無理するなよ」と頭に手を置いた。

隙《すき》だらけのように見えるのに、仕《し》掛《か》けることができない。ティルザは歯がゆい思いだった。この余裕《よゆう》、滲《にじ》み出る自信。どんな攻撃《こうげき》も簡単にあしらわれそうだ。

「ベオに聞いたけど、お前、捕《つか》まったとき女装してたんだってな。何でだ？」

アジトに突入《とつにゅう》してきたイーディスの部下たちは、少女の姿をしたティルザに少なからず混乱した。その隙に乗じて、ティルザは何人かに手傷を負わせて逃亡を図《はか》った。手練《てだ》れの者がいなければ、そのまま逃げ切れていただろう。

「女の姿をしていたほうが、油断を誘《さそ》いやすいですから」

「ま、本当の理由は、いざってときはお姉さんの身代わりに死ねるからってとこか」

言い当てられてティルザは鼻白む。

イーディスは茶化《ちゃか》すように拍手《はくしゅ》した。

「図星だろ。ほんと、美しき姉弟愛《きょうだいあい》だねえ。……ていうか、お前ら本当に姉弟なの？」

鋭《するど》い目つきで切り込んでくる。

「あいつのお前に対する入れ込みぶりは異常だろ。何をどうやったら、あんな病的なブラコンができ上がるんだ？」

ティルザの表情は平淡《へいたん》なまま、瞳は奇妙《きみょう》なほど凪《な》いでいる。

「おまじないですよ」

「は？」

イーディスは目を瞬《しばたた》かせる。

「小さい頃《ころ》、どっちかが泣きやまないと、どっちかがああやって額にキスしてたんです。寝る前にも、よく眠《ねむ》れますようにって。その習慣が何となく続いてるだけです」

「話をすり替《か》えようとしても無駄《むだ》だぞ」

イーディスの胸元《むなもと》に、クリスタルの首飾《くびかざ》りが光を添《そ》えている。

「そういうことを言ってるんじゃねえんだよ。あいつの一番は自分じゃない。自分の命なんか二の次三の次、その気になればいつでも捨てるつもりだ。お前のためだけにな」

反論しかけたティルザを手で制し、イーディスは続けた。

「はったりかどうかなんて見れば分かる。肝《きも》が据《す》わってるとか、そういう次元の話でもない。ぶっとんでるよ、あいつは」

ティルザは黙《だま》ったまま、膝《ひざ》の上に置いた手を見つめている。

「……ま、そういう奴は嫌《きら》いじゃないけどな。そんだけ愛されて幸せだなー、弟君は」

イーディスが冗談《じょうだん》めかして言うと、ティルザは苦笑《くしょう》して首を振《ふ》った。

「姉さんは、実は僕のこと、そんなに好きじゃないんですよ」

「嘘《うそ》つけ」

「嘘じゃありません。あの人は、ああやって僕のこと監視《かんし》してるんです。死なないように」

淡々《たんたん》とティルザは述べた。

イーディスは興味深げな眼差《まなざ》しでしげしげと眺《なが》めてきたが、やがて話題を変えた。

「しかし、よくできた《まじない》だな。容姿を想像したとおりに擬態《ぎたい》させる力……身を隠《かく》すには絶好の能力だよ。お前らとの追いかけっこの最中、一つの可能性として考えてはいたが、」

ティルザは遮《さえぎ》るように、

「先日の肖像《しょうぞう》画の方は、ルシオラ姫《ひめ》ですね」

矛先《ほこさき》を逸《そ》らされてイーディスは目を丸くしたが、頷《うなず》いて答える。

「そ。ルシオラ・ハミルトン。王子様の元婚約者。よく知ってたな」

「用意がいいですね。《まじない》の精度を高めるために、模写しやすいよう肖像画まで準備しておくなんて、まるで最初からこうなることが分かってたみたいだ」

「それはこっちの台詞《せりふ》だよ」

腕組《うでぐ》みしたイーディスは低く言い放つ。

「お前、わざと捕まったろ」

「……何のことでしょう」

ティルザは薄《うす》く笑った。イーディスは片手でその肩《かた》を摑《つか》む。

「何が目的だ？　ゴッドアイに潜入して、俺たちを内部から潰《つぶ》すつもりか。大好きなお姉さんを危険に晒《さら》してまで、お前は何をしようとしてる」

鋭い眼光を、ティルザは真っ向から跳《は》ね返した。

「一方的な取引に応じるつもりはありませんよ。あなたの目的を先に教えてくれるなら、話は別ですけど」

イーディスは舌打ちした。

「手強《てごわ》いな。お前もアルメリアも」

渋面《じゅうめん》を作ってはいるが、目は笑っている。

ティルザは不思議な思いだった。冷徹《れいてつ》かと思えば親しみやすく、摑んだかと思えばはぐらかされる。まるで姿形のない風のようだ。

「なあ、あれをどう思う？」

と言って、イーディスは閉《と》ざされた窓の先を指さした。見えなくても、ティルザは何のことを聞かれているのか分かった——魔導結界《アルス・マグナ》だ。

「神の守護だとか結束の証《あかし》とかぬかす奴らもいるが、あれは体《てい》のいい檻《おり》だ。俺らを閉じ込めて、よそへ逃がさないためのな」

イーディスは身を乗り出して問う。

「そう思わないか」

ティルザは目を細めた。

「……さあ。政治のことはよく分かりませんから」

「よく言うぜ。この国きっての開国派の御曹司《おんぞうし》が」

「父が死んだとき、僕十歳ですよ。開国だの鎖国《さこく》だの知るはずないじゃないですか」

「ばーか。そこから五年経《た》ってるだろ」

人さし指でティルザの額を弾《はじ》き、イーディスは真剣《しんけん》な顔で告げる。

「お前たちは死にものぐるいで調べたはずだ。どうして父は殺されたのか。どうして母や自分たちは巻き込まれたのか。どうすれば追跡《ついせき》から逃げ延《の》びられるのか。……そうでなきゃ今頃《いまごろ》どっかで野垂れ死んで、ドブネズミにでもかじられてるよ」

馬車が一段と大きく跳ね、ティルザは座席を摑んで持ちこたえた。

——姉さんは、五年前の事件を忘れたがってる。

真実を知りたいという気持ちより、向き合うことへの恐怖《きょうふ》が先に立つ。本当のことを知れば、もう後戻《あともど》りはできない。だから、必死で目を背《そむ》けようとしている。

子どもの身で集められる情報は多くはなかったが、その中でも確かなことがある。その一つが、五年前の事件は組織的なものだということだ。夜盗《やとう》などによる突発《とっぱつ》的な犯行ではなく、計画を整え、武器や火種の準備をし、人員を揃《そろ》えた上で実行されている。その組織として有力な候補に挙がっているのが、イーディスが総領を務める民間軍事組織『ゴッドアイ』だ。

目の前のこの男が、親の仇《かたき》かもしれない。ティルザにとっては、その考え自体にさほどの動《どう》揺《よう》はない。姉の身が無事でさえあれば、五年前の事件も、イーディスのこともどうでもいい。

——ただ、姉さんは違《ちが》うだろう。

知りたくないと思う一方で真実を強く欲《ほっ》し、憎《にく》むべき相手と思いながらもイーディスを憎み切れない。その狭間《はざま》で苦しむ彼女の姿が見えるようだ。

——姉さんは優《やさ》しすぎるからな……。

思索《しさく》に耽《ふけ》るティルザの瞳《ひとみ》を見つめ、イーディスは不敵に笑った。

「お前ら二人はさ、これからいろいろやらかしてくれそうで楽しみなんだよ。だから特別に連れてきてやったわけ」

やがて振動《しんどう》は緩《ゆる》やかになり、馬車は少しずつ徐行《じょこう》し始める。

「そこまで言うなら教えてくださいよ。あなたの真の目的」

落ちつき払《はら》った様子でティルザは問う。

「どうせ僕たちを生かしておく気はないんでしょう？」

イーディスは思わず吹《ふ》き出した。

「どうせ死ぬんだから全部教えろってか。やっぱ面白《おもしろ》いわ、お前ら」

わしゃわしゃと乱雑に頭を撫《な》でられ、髪《かみ》が四方八方に跳《は》ね広がる。ティルザは鬱陶《うっとう》しそうに手を払いのけた。

「ま、いいさ。もともと隠す気もなかったしな。任務が成功すれば嫌《いや》でも公《おおやけ》になることだ」

イーディスは窓の外を指した。

「魔導結界《あれ》を消す」

ティルザは絶句した。

空と海、気流と潮流を司《つかさど》り、この島国を絶対不可侵《ふかしん》とする神聖な要《かなめ》。二百年以上昔から堅持《けんじ》される、大いなる鋼《はがね》の鎧《よろい》。

失えば、この国は根底から揺《ゆ》らぐだろう。

イーディスは真っすぐな瞳で言った。

「ローランシアの秘宝の遺志は俺が継《つ》ぐ。魔導結界《アルス・マグナ》を解いて、この国を開く」

――ローランシアの秘宝。

その言葉に打たれ、ティルザは身震《みぶる》いした。

それは父の異名。亡《な》くなってなお、人々の胸に残り続ける称号《しょうごう》。名乗ることは、この国を開国に導くことを意味する。

しかし、そもそもガリア商会と父ジャスティス・アストリッドは敵対関係にあったはず。イーディスがジャスティスの遺志を継ぐなどと言い出すのはおかしい。

ティルザは眉《まゆ》をひそめた。

「あなた方は鎖国派の依頼《いらい》で動いていると思っていましたが」

「お、さすがの弟君も読み切れなかったかー」

屈託《くったく》なく笑うイーディスを見て、ティルザはひらめいた。

——違う。

——この人の動機は金でも、鎖国派からの依頼でもない。

——この人は自分の目的のために、アレクト王子を利用するつもりだ。

彼はアルメリアが屋敷《やしき》に侵入《しんにゅう》する前から手筈《てはず》を整え、計画を実行に移す機会を窺《うかが》っていたのだ。そもそも開国という動機があり、自らの手で完成図を描《えが》いていた。そこへ王子誘拐《ゆうかい》の依頼が舞《ま》い込み、その依頼を逆に利用することを思いついたのだろう。

誘拐の真の目的は、アレクト王子を人質《ひとじち》に魔導結界《アルス・マグナ》を解くこと。ゴッドアイとガリア商会は、富と私兵を集め、王宮に対抗《たいこう》し得るだけの武力と勢力を保持するための手段。そう考えると全《すべ》ての辻褄《つじつま》が合う。

しかし、それでもなお残る一つの疑問を、ティルザは相手に投げかけた。

「なぜ開国を求めるんです？　外界に、金が湧《わ》いて出る土地でもあるんですか」

「さて、何でだろうな」

イーディスはのん気な口調で煙《けむ》に巻く。

「勝算はあるんですか。アレクト殿下《でんか》の誘拐に成功したところで、そう簡単に事が運ぶとは思えませんが」

「まあ見てなって」

馬車が停《と》まる気配を感じ、ティルザは顔を上げた。

着いたな、と言ってイーディスは立ち上がる。

「俺たちがこの国に引きこもってから二百年、大陸の奴《やつ》らが昼寝《ひるね》でもしてたと思うか？　航海術も造船技術も日に日に進歩してる。明日にでも異国の船が結界を破って流れつくとも限らない。そんな状況《じょうきょう》で《まじない》なんかに頼《たよ》ってるほうが危険だって、何で分かんないかねえ」

扉《とびら》が開き、流れ込んできたのは潮の香《かお》りと波の音だった。海が近いのだ。

身軽に馬車から飛び降り、ティルザは水のような空を見上げた。

「井《い》の中の蛙《かわず》大海を知らず」

小声で呟《つぶや》いた言葉を、イーディスが聞き取って応じた。

「いにしえの言い伝えだな。まさに今の俺たちがそうさ」

促《うなが》されて歩き出すと、そこは倉庫街だった。少し先には港と防波堤《ぼうはてい》が見える。

遠く白鳥が一羽《わ》、悠々《ゆうゆう》と翼《つばさ》を広げて飛んでいく。海風が服をはためかせて体にまとわりつく。

ティルザは前髪《まえがみ》をかき上げた。

――確かに僕らがいるのは、透《す》きとおった硝子《ガラス》の瓶《びん》の底なのかもしれない。

「着いたぞ。ここだ」

開けろとイーディスが命じ、大きないかめしい鉄の扉が両側から押し開かれる。乾《かわ》いた空気と木くずの匂《にお》いに鼻がひくついた。

薄暗《うすぐら》い倉庫の中には、だだっ広い空間が広がっている。

そのほとんどを占《し》める容積の建造物を前に、イーディスは誇《ほこ》らしげに言った。

「これが俺たちの船だ」

――船。

そう、それは単純に船と言ってのけられないほど巨大《きょだい》で、非の打ちどころがないほど美しく、圧倒《あっとう》的な威容《いよう》を呈《てい》していた。

それは光だった。希望の象徴《しょうちょう》だった。黎明《れいめい》の兆《きざ》しであり、始まりを告げる歌だった。衝撃《しょうげき》が背骨を突《つ》き抜《ぬ》け、ティルザは呆然《ぼうぜん》と立ち尽《つ》くした。胸が震《ふる》え、耳の奥で鐘《かね》が鳴り響《ひび》いている。

「この船で、俺たちは外の世界に行く」

見える。奔放《ほんぽう》に笑うこの男の隣《となり》で、運命が手を差し伸《の》べている。お前も共に行くのだと。

どうしてかは分からない。けれど、この船を目《ま》の当たりにした瞬間《しゅんかん》、ティルザはこれに乗って遥《はる》か彼方《かなた》にある未知の世界を巡《めぐ》る自分の姿が、ありありと脳裏《のうり》に浮《う》かんだのだった。

「な、いいもんだろ」

イーディスが朗《ほが》らかに尋《たず》ねる。

きっと、この男はやり遂《と》げてしまうだろう。その行く手に、どんな困難が待ち受けていようとも。

「名前」

屹立《きつりつ》するメインマストを見上げ、ティルザは呟いた。

「ん？」

「船の名前は」

その船はゆりかごの中で穏《おだ》やかに眠《ねむ》り、やがて大海原《おおうなばら》へと漕《こ》ぎ出《い》でる日を夢見ている。

イーディスは会心の笑《え》みを浮かべ、宝物のようにその名を口にした。

「メメント・モリ」

と。

夕食に微量《びりょう》の睡眠薬《すいみんやく》を仕込んでおいたおかげで、大部屋の同僚《どうりょう》たち五人はぐっすりと眠りこけていた。

深夜二時、アルメリアは夜着のまま部屋を抜け出し、見取り図と照らし合わせて後宮の奥に忍《しの》び込んだ。慎重《しんちょう》に気配を絶って警備の目をかいくぐる。

もちろん王子の寝室《しんしつ》に辿《たど》りつけるとまでは思っていない。これはあくまで前哨戦《ぜんしょうせん》、集めた情報を使ってどこまで潜入《せんにゅう》できるかの実験だった。

――おかしい。

鏡の回廊《かいろう》を歩きながら、アルメリアは疑念を募《つの》らせていた。

後宮に入って十日、入れる場所は全て動き回ったつもりだが、この広大な建物に対して、どう考えても働く女官《にょかん》の数が少なすぎる。どこもかしこも人気《ひとけ》がなく、寒々しいほど静まり返っている。

王宮の表である主宮には、十分な数の女官が配置されていることは確認《かくにん》できた。が、後宮に限って言えば、シルヴィアとして接触《せっしょく》したのは女官長とモニカ、そして数名の者だけ。あとは侍女《じじょ》ばかりだ。下働きの人間の数は保たれているのに、後宮の表舞台《おもてぶたい》に立ち、中枢《ちゅうすう》を担《にな》うべき女官がこんなにも少ないのは異常だった。

女官というのは年頃《としごろ》の娘《むすめ》を王子の妃候補《きさき》として送り込むための常套手段《じょうとうしゅだん》であり、女官長や乳母《うば》付きの女官はもちろんのこと、王子付きの女官が最低でも五名は置かれるのが通例のはず。適齢期《てきれいき》の王子に自分の娘を侍《はべ》らせたいという野心を持った貴族は掃《は》いて捨てるほどいる。なのに、姿どころか噂《うわさ》さえ耳にしないのはどういうことだろう。

『殿下はまあ、その……ご病弱ということもあって、政《まつりごと》に対して明確な意志を打ち出されたことはないの』

恐《おそ》らく王子の意志ではなく、別方向からの力が働いている。

後宮の主《あるじ》はアレクト殿下だが、実務を掌握《しょうあく》しているのは女官長のヴァネッサだ。たとえ王子の意向であっても、女官長の決裁がない限り、後宮に女官を置くことはできない。そして女官長は王子ではなく、女王の麾下《きか》に属する。

この事実から導き出される推論――それは、女王は後宮への女官の供給を停止しているということだ。そう考えれば、婚約者《こんやく》のルシオラ姫《ひめ》ですら、女官ではなく司祭だったこととも辻褄が合う。

――でも、どうして？

後継者《こうけいしゃ》を産み王家の血を繋《つな》ぐことは、王族の重要な使命の一つだ。女王が王子に妃を娶《めと》らせたくないはずがない。

考えられるのは、刺客《しかく》を警戒《けいかい》し、王子の身を守ろうとしているということだ。

女官は職務上、王子に最も傍《そば》近く仕える者であり、場合によっては寝所《しんじょ》を共にする。暗殺にはうってつけの立場だ。

ルシオラ姫に毒を盛った下手人《げしゅにん》も、十中八九女官だろう。厨房《ちゅうぼう》から運ばれた料理を給仕《きゅうじ》する際、人目を盗《ぬす》んで毒を混入するのは容易なことだ。よほど危なっかしい手つきでしない限り、まず見破られない。

事件の後、女官から下女に至るまで厳しい取り調べが行われたはずだが、犯人は捕《つか》まっていない。恐らく口封《くちふう》じに殺されているのだろう。決して尻尾《しっぽ》を摑《つか》ませない、狡猾《こうかつ》な首謀者《しゅぼうしゃ》がいる。

そう考えると、シルヴィアを侍女として後宮に入れたイーディスのやり方は正解かもしれない。この厳戒《げんかい》態勢の中、女官として後宮に入るのは至難の業《わざ》だし、仮に入れたとしても目立ちすぎて自由に立ち回れないだろう。不自然さを疑われ、目的を見抜《みぬ》かれるおそれもある。

──イーディス・クラウン……。

心の中でその名を呟くと、背筋がうすら寒くなる。どこまでも底知れない男だ。

──あの男が、本当にお父様とお母様を……？

考えかけてティルザの顔が脳裏に浮かび、アルメリアは首を振《ふ》った。

──今は任務に集中しないと。

やがて回廊が切れ、立派な錠《じょう》のおろされた扉の前に辿りついた。

ここから先は女官や乳母の控《ひか》え室と、女官長の執務《しつむ》室、王子の居室に通じている。時間外の出入りには女官長の持つ鍵《かぎ》が必要になる。装飾《そうしょく》の施《ほどこ》された堅牢《けんろう》な金の錠は、針金程度では到底《とうてい》突破《とっぱ》できそうになかった。

ステンドグラスの嵌《は》め込まれた窓から、青い月の光が射《さ》し込む。錠の構造を確認していたアルメリアは、背後の気配に気づいて振り返った。

息が止まる。

「ルシオラ……」

炎《ほのお》のような赤褐色《せっかっしょく》の髪《かみ》、エメラルドグリーンの瞳《ひとみ》からぼたぼたと涙《なみだ》がこぼれ落ちる。

片手を差し出し、ふらつきながら近づいてくる様子は、まるで幽霊《ゆうれい》のようだった。

動揺《どうよう》で隙《すき》が生まれた一瞬《いっしゅん》、少年はアルメリアのもとに駆《か》け寄ると、物凄《ものすご》い力で抱《だ》きついてきた。胸と腰《こし》が砕《くだ》けそうに痛い。振りほどこうともがいたが、鋼《はがね》の輪のように締《し》めつけてくる両《りょう》腕《うで》には意味をなさなかった。

体温は氷のように冷たく、伝わってくる感触《かんしょく》は骨と皮ばかりの痩《や》せぎすだ。なのに、少しの身じろぎも許さぬほど、死にものぐるいでしがみついてくる。

目の前は真っ白で、火花のような鼓動《こどう》が耳元で騒《さわ》いだ。

――この人は、いや、でも……本当に？

「殿下《でんか》！」

駄目押《だめお》しをしたのは、泡《あわ》を食った様子で駆けつけたヴァネッサだった。

「いけません、このような場所にお一人でお出ましになるなど！」

王子の手が中空を横一線になぎ払《はら》い、「うっ」とうめき声を上げてヴァネッサがよろめく。

押さえた指の隙間《すきま》から、目の下が切れて血が滲《にじ》んでいた。

彼女は怯《ひる》んだが、何とか体勢を立て直す。

「その者をどうかお離《はな》しください」

王子は激しく首を振り、引き離そうとする手を拒《こば》んでさらに腕に力を込めた。

「っ……」

押しつぶされて息ができない。関節が鳴る。骨が軋《きし》む。全身が熱く、どろどろに溶《と》けてしまいそうだ。

「そのままでは気を失ってしまいます、どうか。お腹立《はらだ》ちは覚悟《かくご》の上、わたくしでよろしければいくらでもお責めください」

ヴァネッサは慎重に距離《きょり》を詰《つ》め、根気強く王子を説得した。

抵抗《ていこう》は逆効果と悟《さと》り、アルメリアは王子の腕の中でぐったりと脱力《だつりょく》する。すると、うろたえたように拘束《こうそく》が緩《ゆる》んだ。

解放された途端《とたん》、崩《くず》れ落ちるように膝《ひざ》をついて激しく咳《せ》き込む。ようやく吸えた空気がたまらなく甘い。浮遊感《ふゆうかん》に目が回りそうだ。

朦朧《もうろう》と霞《かす》む視界にヴァネッサの姿が映ったかと思うと、腕を引かれて背後へ押しやられる。

「行きなさい。処遇《しょぐう》は明日申しつけます。朝一番にわたくしの執務室へ」

ほとんど唇《くちびる》を動かさずに、ヴァネッサは低く命じた。

アルメリアは頷《うなず》くと、ふらつきながらも一目散にその場を立ち去る。

「ルシオラ」

夜の虚《うつ》ろな回廊に、呼びとめる声が切なく響《ひび》いた。

翌朝、ポケットに転移魔法陣《まほうじん》をすべり込ませると、アルメリアは背筋を伸《の》ばして顎《あご》を引いた。

――うかつだった。

まさか、あんなに簡単に王子に会えるとは思わず、魔法陣を自室に隠《かく》しておいたのが裏目に出た。たとえ見とがめられても、大部屋であれば誰《だれ》かに罪を着せて言い逃《のが》れできると思っていたが、おかげで王子を誘拐《ゆうかい》する千載一遇《せんざいいちぐう》の機会を逸《いっ》してしまった。

これからは万が一のため、肌身《はだみ》離《はな》さず携帯《けいたい》するようにしよう。今日がラストチャンスになるかもしれないのだから。

女官長の執務室に向かいながら、右手に黒の小箱を握《にぎ》りしめる。

昨夜見た、あの眦《まなじり》が裂《さ》けそうに吊《つ》り上がった目。ヴァネッサはさぞかしおかんむりだろう。あんな夜更《よふ》けに許可もなく後宮の奥をうろつき回っていたのだ、どんな申し開きをしようと厳《げん》罰《ばつ》は必至。最悪、クビを申《もう》し渡《わた》されるかもしれない。

それにしても――王子はどうして、一人きりであんなところにいたのだろう。どう見ても、昨夜の姿は尋常《じんじょう》ではなかった。病弱というより、あれではまるで亡霊《ぼうれい》ではないか。

思い出すとうなじが寒くなり、アルメリアは両手で自分の肩《かた》を抱く。

執務室の扉《とびら》を三度ノックすると返答があり、精一杯《せいいっぱい》しおらしい態度で入室した。

「失礼いたします」

ヴァネッサは忙《いそが》しそうに机の上の書類に判をつき、ペンを走らせている。人払《ひとばら》いをしてあるらしく、周囲に侍女や女官《にょかん》の姿はなかった。

「昨夜の件、大変申し訳ありませんでした。心よりお詫《わ》び申し上げます」

まずは深々と頭を下げつつ、ヴァネッサの様子を探《さぐ》る。

彼女は書類をまとめて隣《となり》の決裁箱に入れると、ようやくアルメリアのほうを見た。

「過ぎたことをとやかく責め立てても意味はありません。問題はこれからです、シルヴィア」

アルメリアはたじろいだ。何だか様子が違《ちが》う。

本来であれば、まず昨日あそこにいた理由を問いただされ、説明した上で処分を下されるはず。何も聞かずに今後の処遇を伝えるというのはおかしい。

どういうことか訝《いぶか》っていると、ヴァネッサは素っ気なく言った。

「あなたを、本日より王子付きの女官に取り立てます」

アルメリアは目を剝《む》いた。

「それは、どういう……」

「殿下のたってのご所望《しょもう》による特例措置《そち》です。感謝するように」

ヴァネッサは顔色一つ変えず、その感情を窺《うかが》い知ることはできなかった。

衝撃的《しょうげき》すぎて状況《じょうきょう》がうまく飲み込めない。これは罠《わな》だろうか？

いや――アルメリアは浮《う》かんだ考えを打ち消した――もし正体がばれているのなら、とっくに王国騎士団《アストラルナイツ》に捕縛《ほばく》されているはず。

「どうしたのです。返事をなさい」

眼鏡の奥の眼差《まなざ》しがきつくすぼめられる。アルメリアは慌《あわ》てて膝を折ると、胸に手を添《そ》えた。

「望外の幸せに存じます。女官職、謹《つつし》んで拝命いたします」

よろしい、とヴァネッサは言うと、二度手を叩《たた》いた。

次の間に控《ひか》えていた年嵩《としかさ》の女官二人が、きらびやかなドレスを手に入室してくる。

「女官は侍女《じじょ》のように制服がありません。早急に文《ふみ》を書き、相応《ふさわ》しい品格のドレスを実家から送り届けてもらいなさい。今日のところはわたくしの用意したものを身につけるように」

「そんな。女官長様のご厚意《こうい》に甘えるわけには」

「厚意などではありません」

ヴァネッサはばっさりと言い切った。

「女官が不始末や粗相《そそう》をすれば、責任を問われるのはわたくしです。身だしなみも整えられない者を殿下のお傍に上げるわけには参りません。分かったら早く着替《きが》えなさい」

二の足を踏《ふ》んでいたアルメリアの両脇《りょうわき》を、二人の女官ががっちり固めてくる。そして隣室《りんしつ》であっという間に着替えさせられ、髪を結《ゆ》い上げられ、香水《こうすい》を振りかけられ、化粧《けしょう》を施され、靴《くつ》を履《は》き替《か》えさせられ、まばゆいばかりの装身具を身につけさせられた。

――このジャラジャラ感、イーディスとためを張れるわ……。頭が重い。

アルメリアはうんざりしつつも、鏡の前の着飾《きかざ》った少女の美しさに感動していた。

襟《えり》ぐりの開いた裾《すそ》の長い真紅《しんく》のドレスは、金糸で花の刺繍《ししゅう》が施された絢爛豪華《けんらんごうか》なもので、翡《ひ》翠《すい》色の髪にはダイヤのちりばめられた髪留めが光っている。ネックレスとイヤリングとブレスレットは、白銀に大粒《おおつぶ》のエメラルドをあしらった優美なデザインだった。

女官長の見立ては正確だ。アルメリアは思った。あまりにもよく似合っている。これでは、まるで本物のルシオラ姫ではないか。

アルメリアと同じ感想を抱《いだ》いたのか、女官の一人が落ちくぼんだ瞳に涙を溜《た》めて、感極《きわ》まったように「ルシオラ様」と洩《も》らし、もう一人に厳しくたしなめられる。

身支度《みじたく》を終えて執務室に戻《もど》ると、ヴァネッサは眉《まゆ》を寄せた。

「いいですか。現在、王子付きの女官という身分を許されているのはあなただけです。分からないことや判断に迷うことがあれば、必ずわたくしに指示を仰《あお》ぎなさい。よろしいですね」

「かしこまりました。女官長様」

と応じつつ、アルメリアは予想外の好機に心を躍《おど》らせていた。

やはり王子付きの女官というポストは空席だったらしい。このまま順調に行けば、二人きりになる機会はすぐやってくるはずだ。

だが一方で、どうしてこんなにも早く女官への昇格《しょうかく》が許されたのかが気にかかる。

ルシオラ姫に似たこの容姿を王子が欲《ほっ》するのは分かる、それが目的での入宮なのだから。しかし女官長は本当に、シルヴィア・モンテミリオンを王子の傍に置くに相応しいと信頼《しんらい》しているのだろうか。入宮してたった十日で？　――あり得ない。

　ではシルヴィアを疑いつつ王子付きの女官にしたと仮定すると、目的はいくつか考えられる。一つは、王子付きの唯一《ゆいいつ》の女官という目立ちすぎる存在にすることで、シルヴィアの行動を監《かん》視《し》し制限すること。二つ目は、シルヴィアが内通者だという確たる証拠《しょうこ》を掴《つか》み、黒幕であるガリア商会を引きずり出すこと。三つ目は、ルシオラ姫そっくりの替え玉を王子の傍に置くことで反アレクト派の面々を焦らせ、彼女を暗殺した犯人をおびき寄せること。

　この仮説が正しいとすれば、そうなるよう仕向けているのは女官長の背後にいる女王陛下だ。シルヴィアは魚を釣《つ》り上げるための餌《えさ》、獣《けもの》をおびき寄せるための囮《おとり》にすぎない。

　武者震《むしゃぶる》いを覚え、アルメリアは深呼吸した。

「参りましょう」

　とヴァネッサが先導し、錠《じょう》で閉《と》ざされた扉が開かれる。その先の内装は一段と豪華《ごうか》になり、壁《かべ》には絵画が飾《かざ》られ、天井には水晶《すいしょう》のシャンデリアが輝《かがや》いている。上手《うま》く目に見えないよう細工してあるが、侵入者《しんにゅうしゃ》除《よ》けの魔法陣が幾重《いくえ》にもかけられているのをアルメリアは感じ取っていた。

　廊下《ろうか》を歩きながら、ヴァネッサは聞き取れるぎりぎりの早口で言った。

「最初に申し伝えておきますが、アレクト様はお言葉が不自由なお方です。会話は基本的に筆談で行います。あなたは殿下《でんか》のどんな些細《ささい》な仕草にも注意を凝《こ》らし、表情からお考えを汲《く》み取り、きめ細やかに身の回りのお世話をするように」

「え……でも、」

ヴァネッサには聞こえていなかったのだろうか。

昨夜、王子は確かにシルヴィアを「ルシオラ」と呼んだ。

「何ですか？」

険のある表情で振《ふ》り向いたヴァネッサに、アルメリアは慌てて頭を下げる。

「承知いたしました」

王子の居室の前には、王国騎士団《アストラルナイツ》所属の騎士が二名護衛についている。彼らは唯一、後宮に上がることを許された男性である。二十四時間体制で王子を警護する役目だ。

扉の両脇に控える二人の騎士を見て、ヴァネッサがかすかに息を呑《の》んだ。

一人は雪原を思わせる白銀の髪《かみ》に灰色の冷たい瞳《ひとみ》をした男性で、もう一人は金髪《きんぱつ》に碧眼《へきがん》の甘い顔立ちの男性だった。対極と呼べるほど対照的な雰囲気《ふんいき》の二人だが、年のころはどちらも三十前後といったところか。引き締《し》まった体躯《たいく》に、華《はな》やかな騎士団の制服がよく映《は》えている。

「これはこれは女官長殿《どの》。そちらは新入りの女官殿かな？」

金髪の男性が、にこやかな顔で手を差し伸《の》べた。

「王国騎士団《アストラルナイツ》副団長のリシュエル・キースと申します。以後お見知りおきを」

——副団長……！

アルメリアは目を瞠《みは》る。騎士団で上から二番目の位、いわゆる次席だ。そんな重要人物がなぜここに。

「シルヴィアと申します。よろしくお見知りおきくださいませ」

手を取ると、力強く握《にぎ》り返される。彼は「ほう」と感心したように目を細めた。

「噂《うわさ》どおりだ。ルシオラ姫によく似ていらっしゃる。そう思わないかい？　ロックフェルト」

ロックフェルトと呼ばれた男性は、鋭《するど》い目つきでこちらを凝視《ぎょうし》したまま一言も発しない。

アルメリアはごくりと唾《つば》を飲んだ。

「シルヴィア。この方は、王国騎士団《アストラルナイツ》団長のロックフェルト・ジェラルミ殿です」

ヴァネッサに紹介《しょうかい》され、銀髪《ぎんぱつ》の男性――ロックフェルトは目礼する。

――騎士団長まで……！　一体どういうこと？

「初めまして」

困惑《こんわく》しつつも精一杯にこやかに挨拶《あいさつ》したが、反応は冷ややかだった。ロックフェルトはどんな相手にも警戒《けいかい》を怠《おこた》らないのか、初対面のアルメリアはもちろん、ヴァネッサに対しても一切《いっさい》隙《すき》を見せない。明らかな敵意こそないが、好意は全く感じない。威圧感《いあっかん》に息が詰《つ》まりそうだ。

ヴァネッサも同じく気詰《きづ》まりなのか、早々に口火を切った。

「それで、本日はどのようなご用向きでしょうか」

ロックフェルトが重々しい声で言う。

「宰相《さいしょう》閣下の命により、日没《にちぼつ》まで我々が殿下の警護に当たらせていただく」

ヴァネッサは目を丸くした。

「わたくしはそのような話を耳にしておりません。あなた方は本来、緊急時《きんきゅう》以外は警護の任に当たらないはず」

「今がその緊急時だと、メラニー様が判断されたのでは？」

アルメリアの目を真っすぐ見て、リシュエル副団長が言った。

――正体がばれてる……？

アルメリアは心臓が轟《とどろ》くのを、ドレスの裾を握りしめることで堪《こら》えた。

王国騎士団《アストラルナイツ》は王宮と国内の治安を守るための組織だが、直接統括《とうかつ》しているのは宰相だ。つまり、もしシルヴィアを疑っているとすれば、相手は宰相であるメラニー・レリスタットということになる。

「しかし、団長殿の隊務はどうなさるのです？　団長と副団長が同時に抜《ぬ》ければ、騎士団の統《とう》率《そっ》に支障が生じるのではないですか」

「問題ありません」

ヴァネッサの問いかけに、ロックフェルト騎士団長が無機質な声で答えた。あまりに短い返答で、一切の説明がない。

彼女はもどかしげに唇《くちびる》を動かしたが、諦《あきら》めたのか深く息をついた。

「……承服いたしました、ロックフェルト様。それが本当に宰相閣下の命であるならば、わたくしは従います」

「何かあればいつでもお声がけください。我々は殿下だけでなく、後宮で働く女官《にょかん》の皆様《みなさま》のことも全力でお守りいたします」

最高の笑顔《えがお》でリシュエルは言ったが、ヴァネッサは素っ気なく頷《うなず》いただけで、すぐさま扉《とびら》をノックした。

「失礼いたします」

よく通る声で告げ、そのまま入室する。アルメリアも後ろからつき従った。

王子の居室は扉からまず玄関《げんかん》、女官が待機する控《ひか》えの間、応接間があり、さらに扉をくぐって居間、浴室、洗面室、寝室《しんしつ》、そして硝子《ガラス》張りの温室がある。

想像どおりの豪華さだったが、至るところに飾られた花をもってしても拭《ぬぐ》いきれない寒々しさに、アルメリアは気圧《けお》されていた。

この部屋は死んでいる。主《あるじ》の命じるまま、時を止めて。

「殿下。例の新しい女官を連れて参りました」

そう言うとヴァネッサはアルメリアを手で示す。

アルメリアは頷き、ドレスの裾を両手でつまんで優雅《ゆうが》にお辞儀《じぎ》した。

「シルヴィアと申します。ふつつか者ですが、どうぞよろしくお願い申し上げます」

アレクトは窓辺のソファーに腰《こし》かけてじっと本に目を落としていたが、アルメリアの声を聞いてようやくこちらを見た。

「ご用がございましたら、この者に何なりとお申しつけください」

言葉を続けるヴァネッサの横を通り抜け、アルメリアに手を差し出して微笑《ほほえ》みかける。その天使のような愛くるしさに、息が詰まった。

——これが、王族……。

何というまばゆい光だろう。昨夜の亡霊《ぼうれい》のような姿とはまるで別人だ。無条件で人を惹《ひ》きつけ、従わせるだけの天分を持っている。

アルメリアは跪《ひざまず》き、王子の右手を受け取って額に当てた。最敬礼を示す作法である。

「では、わたくしはこれにて失礼します。シルヴィア、後は頼《たの》みましたよ」

目で頷くと、ヴァネッサは足音すら立てずに姿を消した。

アレクトはアルメリアの手を引いて居間にやってくると、紙に文字を書きつけて見せた。

『約束、守ってくれたね』

アルメリアが首を傾《かし》げると、たどたどしい手つきでペンを走らせる。

『絶対どこにも行かないって約束した。ずっと、帰ってきてくれるのを待ってたんだ』

紙に目を落とす暇《ひま》もなく、腕《うで》を引いて抱《だ》きしめられた。耳たぶにかかる息が熱い。

——この人……本当に、私をルシオラ姫《ひめ》だと思ってるんだ。

アレクトの目は大切な存在が帰ってきた、この手に取り戻《もど》したのだという輝きに満ちている。それは、アルメリアにも痛いほど覚えのある感情だった。ただ——結局のところ、偽《いつわ》りの希望、見せかけの喜びにすぎなかったけれど。

それにしても——アルメリアは地道に考察を続ける——王子が病弱？　そうは思えない。昨夜と違《ちが》って今は生命力が感じられるし、顔色も悪くない。やせっぽっちなのは変わりないが、体温もそこそこ高い。

そして、昨晩聞いたあの声。あれは耳の不自由な人間が発した言葉ではなかった。現にヴァネッサや自分の言葉を王子は理解している。つまり、アレクトは言葉を話せないのではなく、話さないのだ。

最愛のルシオラ姫を喪《うしな》ったことが彼の言葉を奪《うば》い、深い心の傷が現実を遠ざけているのか。姿のよく似たシルヴィアを、彼女だと思い込むほどに。

「アレクト様」

アルメリアは王子の肩《かた》を撫《な》でて、優《やさ》しく言った。

「一度おかけになりませんか。お茶の準備をいたします」

王子は大人しく従い、テーブルに着くと手招きした。

侍女《じじょ》に命じて持ってこさせた銀器と茶菓子《ちゃがし》を丹念《たんねん》に確かめる。ルシオラ姫のように毒殺されてはたまらない。

「シルヴィア様、ご用意はわたくしが」

「結構です。下がっていただけますか」

そう命じると、侍女は不満の色をあらわにしたが、やがて引き下がった。

丁寧《ていねい》に茶葉を蒸《む》らして茶を淹《い》れると、果実と花の香《かお》りが漂《ただよ》う。わざとゆっくり作業して時間を稼《かせ》ぎつつ、アルメリアは周囲の気配を探《さぐ》っていた。

控えの間に待機している年嵩《としかさ》の女官が二人、その配下の侍女が約十人。扉の前の騎士《きし》が二人。それ以外にも天井裏《てんじょう》と窓外から、とてもかすかだが視線を感じる。

転移魔法陣《まほうじん》は王子の体に直接触《ふ》れながら発動させる必要があり、取り出してから魔力《まりょく》を込めるのに少なくとも数秒はかかる。今発動させようとすれば確実に捕《つか》まるだろう。

失敗は許されない。焦《あせ》らず機会を窺《うかが》おう。必ず隙は生まれるはずだ。

飲食の最中は手がふさがって筆談ができないため、二人のお茶会は静かなものだった。銀器の立てる音と、鳥のさえずりしか聞こえない。何か話すべきだろうかとアルメリアは思案したが、王子の機嫌《きげん》は良さそうだったので放《ほう》っておいた。

ルシオラ姫が生きていた頃《ころ》は、こうしてゆっくりと豊かな時を過ごしていたのだろうか。

同情はしない。王子という恵《めぐ》まれた身分と、何もかもが手に入る境遇《きょうぐう》にあぐらをかいて、政務どころか公《おおやけ》の場にさえ姿を見せず引きこもっているのだから。この人はどう見ても、果たすべき役目を放棄《ほうき》している甘ったれだ。

けれど、他《ほか》に兄弟もおらず、王位継承者《けいしょうしゃ》としての重圧は並大抵《なみたいてい》のものではなかっただろう。その重荷を一緒《いっしょ》に背負ってくれるはずだった婚約者《こんやく》は、政争に巻き込まれて死んだ。王族という身分では、望んでも人並みの幸福は得られないと思い知らされたのかもしれない。

ここは穏《おだ》やかで美しい楽園のよう、だが彼は細い細い糸の上、墜落《ついらく》しないのが奇跡《きせき》のような状態で何とか持ちこたえている。言葉を発しないというのは、心が壊《こわ》れる寸前まできている証《しょう》拠《こ》ではあるまいか。

――もし幻想《げんそう》が解けて我に返り、シルヴィアがルシオラ姫でないことを知ったら。

怒《いか》りのあまりシルヴィアを殺すだろうか。絶望のあまり死を選ぶだろうか。

最愛の人を喪った上、その心につけ込まれて騙《だま》され、利用されるとは。

――可哀想《かわいそう》に……。

『大好きだよ、ルシオラ』

花瓶《かびん》から一輪の花を引き抜いて、王子は無垢《むく》な笑顔でアルメリアに差し出した。

受け取るアルメリアの頬《ほお》から、花弁にぽつりと涙《なみだ》の雫《しずく》がこぼれる。

王子が目を瞠《みは》っているのを見て、慌《あわ》てて頬を拭った。

「申し訳ありません。嬉《うれ》しくて……。ありがとうございます」

王子はアルメリアの頭を撫で、頬に残った涙を舌ですくいとった。くすぐったさに笑い声を上げると、腕を引いて当然のように寝室に連れていかれる。

予想外の展開に凍《こお》りついた。

「アレクト様。あの、」

油断していた。いくら小柄《こがら》で童顔とはいえ、相手は十六歳の少年。結婚適齢期《けっこんてきれいき》かつ世継《よつ》ぎを作るには十分な歳だ。

大人五人が余裕《よゆう》で眠《ねむ》れるようなベッドに寝転《ねころ》がってぽんぽんと手で隣《となり》を示され、逆らうすべもなく立ち尽《つ》くす。収まったはずの冷や汗《あせ》が再びどっと噴《ふ》き出した。

――どうしよう。どうやってこの場を切り抜《ぬ》ける？

青ざめているアルメリアに、王子は手招きする。したたかさなど微塵《みじん》もない仕草で。ある意味、最強かもしれない。アルメリアは降参した。ええい、どうにでもなれ。

破れかぶれの気分でベッドに潜《もぐ》り込むと、アレクトはアルメリアの背中に腕を回して抱《だ》きついた。が、そのまま猫《ねこ》のように丸くなり、アルメリアの腕の中で大人しくしている。男が女を抱くというより、子どもが母親に抱っこされているという構図だった。

規則正しく温かい心臓の鼓動《こどう》が聞こえてくる。自分のものか、彼のものか。

不覚にも全身が泥《どろ》のように重くなってきて、アルメリアはありったけの力を振《ふ》りしぼって目を開けていようとあがいた。

「殿下《でんか》……？」

見ると、アレクトはとっくに安らかな寝息《ねいき》を立てて眠っている。

アルメリアは微笑んだ。途端《とたん》に遥《はる》か遠く、懐《なつ》かしさと愛《いと》おしさが込み上げる。

――ティルザ。

今頃《いまごろ》どうしているだろうか。無事でいてくれるといいのだが……。

心地《ここち》よいまどろみが瞼《まぶた》を溶《と》かす。

アルメリアは弟の無事を祈《いの》りながら、眠りの世界に引き込まれていった。

ローランシア王国には、軍隊は表向き存在しない。

その代わり国内の治安維持《いじ》と、王宮及《およ》び王族の身辺警護として王国騎士団《アストラルナイツ》が組織されている。

十五歳から三十五歳までの容姿《ようし》端麗《たんれい》、品行方正でしかるべき家柄《いえがら》の者が推薦《すいせん》を受けて入団試験を受け、合格すれば晴れて従騎士《じゅうきし》として認められる。従騎士はいわば見習いであり、所属する隊で訓練を積みつつ先輩《せんぱい》騎士について雑務をこなす。王族の身辺に侍《はべ》ることを許されるのは騎士となってからである。

叙勲《じょくん》式で騎士となる際には、君主から剣《けん》を下賜《かし》される。これは本人や一族にとって大変な栄誉《えいよ》とされている。その後、華々《はなばな》しい勲功《くんこう》あるいは著《いちじる》しい勤勉が認められれば、隊長格として聖騎士に取り立てられる。騎士団を統《す》べる騎士団長は五名の聖騎士の中から選出される。

定年を迎《むか》えるか、本人の希望で騎士団を除隊した者には恩賞が与《あた》えられ、その後は政務官に転身するなど、要職に就《つ》くことが認められている。

「ベオウルフ、どこだ！　ベオウルフ！」

大声で主宮を歩き回る騎士に、ベオウルフ――ベオは辟易《へきえき》しながら返事をした。

「はい、アルヴィス様」

アルメリアが潜入《せんにゅう》するのと時をほぼ同じくして、ベオは騎士に仕えて雑用をする従僕として王宮に潜入していた。目的は二つ。連絡《れんらく》と監視《かんし》だ。アルメリアに必要な情報を伝え、アルメリアから得た情報をイーディスに報告する。イーディスからはアルメリアの身を守るよう命じられていたが、ベオとしては彼女が少しでも逃亡《とうぼう》や背反のそぶりを見せれば、即座《そくざ》に命を奪うつもりでいた。

だが、なかなかどうしてアルメリアは任務に忠実だった。侍女たちの懐《ふところ》に入り込んで情報を引き出し、後宮の内部事情を把握《はあく》していることはもちろん、たった十日で王子の目に留まり、女官職《にょかんしょく》への昇進《しょうしん》を果たしている。弟が人質《ひとじち》に取られているがゆえに、そう簡単に裏切らないだろうとは踏《ふ》んでいたが、あまりに徹底《てってい》した仕事ぶりがかえって不気味だった。

――侮《あなど》れない娘《むすめ》だ。

アルメリアが王子付きの女官となって十日ほどが経《た》つ。そろそろ王子誘拐《ゆうかい》の機会が訪《おとず》れてもよい頃だった。

「遅《おそ》いぞ。こんなところにいたのか」

ベオの前で仁王立《におうだ》ちになり、アルヴィスは言った。

アルヴィス・レリスタットは金髪《きんぱつ》に榛《はしばみ》色の瞳《ひとみ》、華《はな》やかで品のある佇まいをしており、育ちの良さが感じられる若者だった。

彼は宰相《さいしょう》の息子《むすこ》で、大貴族レリスタット家の長男だ。つまり国一番のお坊《ぼ》っちゃまなのだが、それを鼻にかけたようなところは全くない。しかし、人使いが荒《あら》い上、あまりに無防備に人を信用しすぎるところがあり、ベオは苦手意識を持っていた。

「何かご用でしょうか」

「剣の稽古《けいこ》をしたい。グラディウスを持て」

ベオは彼が腰《こし》に帯刀しているサーベルを見やったが、アルヴィスは首を振った。

「陛下から下賜された剣を、おいそれと傷つけるわけにはいかないからな。さあ早く持ってくるんだ」

「かしこまりました」

騎士たちは主宮にある護衛所で寝泊《ねと》まりする。ベオは渋々《しぶしぶ》主人の剣を取りに戻《もど》った。

貴族の子弟《してい》の花形職業というだけあって、騎士の制服は豪華《ごうか》だ。戦闘《せんとう》における機能や実用性よりも、見目麗《みめうるわ》しさが重視されている。白を基調とした団服に、宝石のちりばめられた剣や鎧《よろい》。王宮の富貴《ふうき》と平和の象徴《しょうちょう》だろう。実際二百年の間、他国との戦争は起こっておらず、騎士の職務は軍人というより名誉《めいよ》職としての意味合いが強かった。

王国騎士団《アストラルナイツ》の主《あるじ》は国家元首たる王だが、運営は宰相の管轄《かんかつ》とされている。騎士団を退団後、多くの元騎士が政務官に転身することもあって、宰相との結びつきはそれなりに強い。現騎士団長であるロックフェルトはそうでもないらしいが——。

ベオは集めた情報を頭の中で整理しつつ、アルヴィスのもとへ向かう。

「今度の御前《ごぜん》試合までに、少しでも腕《うで》を磨《みが》いておかないとな」

危なっかしい手つきで大剣《グラディウス》を素振りしながら、アルヴィスはご満悦《まんえつ》の表情である。ベオは目をすがめて主人の様子を観察した。

よく鍛《きた》えている、体つきは悪くない。同僚《どうりよう》から体力馬鹿《ばか》と罵《ののし》られるぐらいタフで、打たれ強いことも認めよう。女王に対する忠誠心は人一倍篤《あつ》く、真面目《まじめ》で正義感に溢《あふ》れている。

だが、悲しいかな――

「必ず手柄《てがら》を立ててみせるぞ！　うおぉーっ！」

隙《すき》だらけの構えで剣を振り回すアルヴィスに、ベオは溜息《ためいき》をついた。

――致命的《ちめいてき》に弱すぎる。

剣技《けんぎ》はもちろん槍《やり》、弓、馬術、体技に及ぶまで、センスというものが全く感じられない。誰《だれ》かと実戦を交えれば、一撃《いちげき》で殺されるレベルだ。

「ほら、勝負だ！」

と言ってもう一本の剣を放《ほう》り投げ、アルヴィスは燃える瞳で挑戦状《ちようせん》を叩《たた》きつけた。

ベオは剣を頭の上に押し戴《いただ》いて、

「わたくしなどでは、とてもお相手は務まりません。どなたか別の方をお呼びいたします」

「何を言う！　たとえ騎士《きし》ではないにせよ、この王宮では最低限の強さは必須《ひつす》だぞ。ましてや僕の部下ともあろう者が、惰弱《だじやく》でいいはずがない！　さっさと剣を取れ！　僕が戦闘というものを教えてやる」

――うわあ、面倒《めんどう》くせえ。

ベオはこの男のこういうところが好きになれなかった。本気の殺し合いを経験したこともなく、訓練を「稽古」と呼び、「試合」を実戦だと思っている――平和ボケした甘ちゃんだ。

剣を取っておもむろに構えると、アルヴィスは感心したように言った。

「いい構えだな。初めてにしては筋が良いぞ」

ベオが苦笑《くしょう》しつつ距離《きょり》を詰《つ》め、間合いを測るふりをして時間を稼《かせ》いでいると、

「どこからでもかかってくるがいい。先手は譲《ゆず》ってやる」

と、アルヴィスは余裕《よゆう》の笑《え》みで言った。

――こいつの相手、疲《つか》れるわ……。

仕方なしにベオは踏み込み、スローペースで斬《き》りかかった。無論、わざと隙を作ることも忘れない。

「うおりゃあっ！」

相手が斬り込んできた一撃を、剣を横向きにして受け止める。

ぐいぐいと力任せに押してくるアルヴィスは鍔《つば》ぜり合いを楽しんでいるが、ベオはどうすれば適当に終わらせられるかだけを考えていた。

勝つのは不自然、負けるとすればどのタイミングだろうか。

だが、その瞬間《しゅんかん》、訓練場の隅《すみ》の木陰《こかげ》から殺気を感じ、思わず剣をひねって思いきり打ち払《はら》う。

アルヴィスが吹《ふ》っ飛ばされて地面に尻《しり》もちをついた。

「ぐぬぬ……やるな。油断していたぞ！」

だがベオはその言葉など耳に入っておらず、気配の方向を睨《にら》みつけながら鋭《するど》く、

「誰だ」

気のせいなどではあり得ない、明確な敵意。しかも、相手は相当な手練《てだ》れと思われた。

アルヴィスはぽかんと口を開けていたかと思うと、木陰から現れた二人に敬礼した。

「ロックフェルト団長、リシュエル副団長！　お疲れさまです！」

直立不動で額に手を当てているアルヴィスに、リシュエルが柔和《にゅうわ》に微笑《ほほえ》みかけた。

「精が出るね、アルヴィス」

佇《たたず》まいからは気品が溢れ、声まで雅《みやび》やかに響《ひび》く。二人の出で立《い》ちは、騎士であるアルヴィスよりさらに贅《ぜい》を凝《こ》らしたものだった。

ベオは目を細め、さりげなく間合いを取って二人の動向を窺《うかが》う。

「まだ騎士団に残っていたとはな。腕だけでなく頭も弱いようだ」

鋼《はがね》のように硬質《こうしつ》な雰囲気《ふんいき》を漂《ただよ》わせ、口を開いたのはロックフェルトだった。

辛辣《しんらつ》な台詞《せりふ》だったが、アルヴィスはなぜか目をきらきら光らせている。

「はっ。お褒《ほ》めに与《あずか》り光栄です！」

──褒めてねーよ。

ベオは内心で呟《つぶや》いた。どういう神経してんだ？　こいつ。

「せいぜい騎士団の名に泥《どろ》を塗《ぬ》らぬことだ」

と言い捨てると、ロックフェルトは長いマントを翻《ひるがえ》して歩き去った。リシュエルはにこにこと笑みを絶やさず後に続く。

二人が角を曲がって視界から消えると、ベオは止めていた息を盛大に吐《は》き出した。

——何だあいつら……。

あの威圧感《いあっかん》はただごとではない。化け物じみている。ここまで脅威《きょうい》を感じたのはイーディスと初めて会ったとき以来だった。

アルヴィスのせいでなめきっていたが、騎士団もトップクラスとなると一筋縄《ひとすじなわ》ではいかないようだ。気を引き締《し》めて警戒《けいかい》に当たらねば。

認識《にんしき》を改めているベオの隣《となり》で、アルヴィスはぷるぷると小動物のように震《ふる》えている。

「かっ……」

「は？」

「か、かっ、かっこいい……!!」

ベオはずっこけそうになった。

——やっぱりこいつ、頭のネジが外れてやがる。

呆《あき》れ果てて絶句しているベオに、アルヴィスは両手を広げてポーズを決め、

「正確無比の弓の使い手、ずば抜《ぬ》けた才智《さいち》は騎士団随一《ずいいち》！　副団長兼参謀《けんさんぼう》のリシュエル様！　そして鬼神《きしん》のごとき強さ、王国一の剣腕《けんわん》と称《しょう》されるロックフェルト騎士団長！　この黄金と白銀の双璧がある限り、我が国の平和は決して！　決して脅《おびや》かされることはないだろう!!」

「あーそうですか」

とベオは棒読みで返事をしたが、自己陶酔《とうすい》に浸《ひた》りつつ、アルヴィスは滔々《とうとう》と演説を続ける。

「そもそもこの栄《は》えある王国騎士団《アストラルナイツ》の始まりは、悠久《ゆうきゅう》の昔、王座を狙《ねら》う逆賊《ぎゃくぞく》から王を守り抜く

ため命を賭《と》した勇猛果敢《ゆうもうかかん》な戦士たちを称《たた》え、その武勲《ぶくん》に報《むく》いるために――」

「あのう……」

おずおずとかけられた声に、二人は顔を上げてそちらを見た。

真珠色《しんじゅ》の光沢《こうたく》のあるドレスをまとった可憐《かれん》な美少女が、両手を組み合わせて立っていた。

シルヴィアの姿をしたアルメリアだと頭で分かってはいても、そのあまりの変貌《へんぼう》ぶりにベオは絶句する。

アルヴィスはすぐさま礼を取ると、丁重《ていちょう》な物腰《ものごし》で尋《たず》ねた。

「どうなさいましたか、女官殿《にょかんどの》」

「お取り込み中のところ申し訳ありません。わたくし、後宮にお仕えしておりますシルヴィアと申します。所用があってこちらに参ったのですが、帰り道が分からなくなってしまって」

後宮までの道を教えていただけませんか、とおしとやかな物腰で問う様子には、あの夜ベオが見た野生の獣《けもの》じみた凶暴《きょうぼう》さは欠片《かけら》もなかった。

「そうですか。わたくしがお送りしたいのはやまやまですが、あいにくと隊務がありますので……。ベオウルフ、シルヴィア殿を後宮までお送りしろ」

「御意《ぎょい》」

ベオはひざまずいて一礼すると、アルメリアの先に立って歩き出した。

「ありがとう存じます、騎士様」

微笑んでお辞儀《じぎ》をする姿は姫君《ひめぎみ》のよう、夢見心地《ごこち》で後ろ姿を見送り、アルヴィスは名残惜《なごりお》しく呟く。

「シルヴィア殿か……美しいお方だ」

訓練場から裏手に回り、馬小屋の近くまで歩いてくると、人気《ひとけ》がないのを確認してからベオが振《ふ》り向いた。

「馬子《まご》にも衣装だな。イーディス様がご覧になったら、さぞ驚《おどろ》かれるだろう」

『馬子にも衣装』は話してもいいという符牒《ふちょう》である。連絡《れんらく》役であるベオと接触《せっしょく》する際のルールは事前に細かく定められていた。

アルメリアは純真の仮面を脱《ぬ》いで、開口一番、

「ティルザは無事でしょうね」

と釘《くぎ》を刺《さ》した。

「安心しろ。取引は必ず守る」

「どうかしら」

とうそぶき、アルメリアは中空を飛ぶ二羽《わ》の白い鳥を睨んだ。

「首尾《しゅび》は」

「上々……と言いたいところだけど、そうもいかないわ。後宮《あそこ》、思ってたより敵が多いし」

アルメリアは後宮の見取り図と、王子を含め出入りする人間について記載《きさい》した報告書をベオに手渡《てわた》した。彼は素早《すばや》く目を走らせると懐《ふところ》にしまう。

「女の嫉妬《しっと》って大変よ。差し入れてもらった衣装は全部びりびりに破かれるわ、スープに縫《ぬ》い針《ばり》、靴《くつ》には虫。手紙は全部握《にぎ》りつぶされてるし、何を命じても従わない侍女《じじょ》も大勢いる。シルヴィアに対する嫌《いや》がらせときたらもう、悪意もここに極《きわ》まれりって感じ」

人差し指、中指、薬指と順番に指を立て、アルメリアは言い連ねる。

「計画さえ実行できれば問題ない」

ベオは素っ気なく目を伏《ふ》せた。

「あっそ。ま、敵意はあっても殺意までは感じないしね。さっきみたいに」

無造作に言い放つアルメリアに、ベオの足が止まった。

「見てたのか」

「ええ」

「いつから」

「最初からよ。あんたとお坊《ぼ》っちゃまが、のほほんと会話してるあたり」

ベオは目を見開いたかと思うと、低く舌打ちした。

そして、険しい顔つきでアルメリアに一歩詰め寄る。

「いいか。イーディス様がお前を重宝しようと、俺はお前を信用したわけじゃないからな」

人差し指を突《つ》きつけられ、アルメリアは醒《さ》めた目で言い返した。

「重宝？　あいつはただ、私を便利な駒《こま》として利用してるだけでしょ。それに、信用してないのはこっちのほうだから」

　ベオの目が冷ややかに研《と》ぎ澄《す》まされていく。

　気づかないふりをして、アルメリアは来た道を指さした。

「で、あれが上司？　大変ね」

　玲瓏《れいろう》な声が笑い、珊瑚《さんご》色の唇《くちびる》が白磁の肌《はだ》に映《は》える。

「アルヴィス・レリスタット。王国騎士団牡羊隊《アストラルナイツアリエス》所属の騎士。『王家の矛《ほこ》』と呼ばれる国内一の大貴族レリスタット家の御曹司《おんぞうし》で、現宰相《さいしょう》メラニー様の一人息子《むすこ》。性格は熱血で単純、欠点は……友達いなそうってとこかしら」

　すらすらと話すアルメリアに、ベオは鼻を鳴らした。

「相変わらずの嗅《か》ぎ回りぶりだな。盗賊稼業《とうぞくかぎょう》で鍛《きた》えた鼻は伊達《だて》じゃないと見える」

「まあね」

　揶揄《やゆ》を聞き流し、アルメリアは涼《すず》しい顔で続ける。

「後宮にいると、いろんな噂《うわさ》が入ってくるのよ。大臣や騎士や女王陛下のことだけでなく、あなたたちのこともね」

　立ち止まっているベオの横を通りすぎ、アルメリアは挑戦《ちょうせん》的な表情で振り向いた。

「組織に最も必要なのは人員じゃない、スポンサーよ。ガリア商会が急速に発展し、市場を牛《ぎゅう》耳《じ》るほどの勢力となった背景には、何者かによる資金援助《えんじょ》があったと考えるのが自然だわ。あなたたちの拠点《きょてん》の八割と、販売《はんばい》ルートの六割を占《し》める土地を所有する領主は宰相閣下。そして彼が宰相の地位についたのが七年前、ゴッドアイが結成されたのとほぼ同時期。……これって偶然《ぐうぜん》かしらね？」

真正面から見据《みす》えるアルメリアの瞳《ひとみ》を、ベオは逸《そ》らさずに見つめ返す。

しばらくすると、静かな声が言った。

「……お前ごときにイーディス様のお考えが読めると思ったら、大間違《おおまちが》いだ」

「は？」

アルメリアは眉《まゆ》を寄せる。

「くだらん詮索《せんさく》をする暇《ひま》があったら、せいぜい任務を果たせるよう努めることだな」

「どういう意味よ。ゴッドアイと宰相の繋《つな》がりには、何か理由があるってこと？」

アルメリアは尋ねたが、ベオはそれ以上何も言わなかった。

主宮の端《はし》、後宮へと通じる渡《わた》り廊下《ろうか》は断崖《だんがい》の上にある。いかなる手段をもってしても、この通路以外に入るすべはない。

「ねえ、あのポニ男のどこがいいの？」

別れ際《ぎわ》、アルメリアは心底不思議に思って問いかける。

「ポニ男？」

ベオが怪訝《けげん》な顔で復唱すると、その額にアルメリアは指先を突きつけた。

「ポニーテール男、略してポニ男よ。あんたのご主人様」

そんなことも分かんないの？　と呆れ顔で言う。

「イーディス様は俺の全《すべ》てだ」

何の迷いもなく言い切るベオに、アルメリアは両手で自分の肩《かた》を抱《だ》いた。

「気持ち悪ぅ～」

ベオは頬《ほお》を紅潮させ、

「何だと。お前のブラコンの方がよっぽど気持ち」

悪い、と言いかけたときには、既《すで》にアルメリアは廊下の向こうへと消えていた。


王子の部屋に戻《もど》ると、すぐに扉《とびら》がノックされた。

アルメリアが王子に視線を送ると、こくりと頷《うなず》いたので、「どうぞ」と声をかける。

入ってきた女官は、どぎまぎしたように目を瞬《しばたた》かせていた。

「リシュエル様がお越《こ》しになっていますが、お通ししてよろしいでしょうか」

「リシュエル様が？」

アルメリアは目を瞬かせた。さっき訓練場にいたばかりなのに、もう後宮に戻ってきたのか。

「ご用件は」

「女王陛下より、アレクト殿下《でんか》宛《あ》ての書状を持っていらしたとのことです」

女官が恭《うやうや》しく述べた、その言葉にアルメリアは鳥肌《とりはだ》が立った。

――女王陛下。

後宮でやりとりされる文書は通常、侍女や女官の手で運ばれ、全て女官長が目を通すことになっている。だが、王族については特別だった。王族の書状を後宮に運ぶことができるのは騎士団長、副団長、聖騎士のみ。その権限《にょかん》は他の大臣はもちろん、宰相にすらない。

そして王族の書状についてだけは、女官長の検閲《けんえつ》を通さず、直接渡されることになっていた。

アルメリアがアレクトを見やると、彼も神妙《しんみょう》な表情をしている。

「お通ししてください」

命じると女官は下がり、リシュエルの姿が現れた。

「アレクト殿下、シルヴィア殿《どの》、ご機嫌麗《きげんうるわ》しゅう存じます」

にっこり笑って胸に手を置き、優美に一礼してみせる。

アレクトが手を差し伸《の》べたので、代わりにアルメリアが席を立った。

「書状をこちらへお渡しいただけますか」

「もちろん」

と言って、リシュエルは白い封筒《ふうとう》をアルメリアの手に載《の》せる。その封蠟《ふうろう》は薔薇《ばら》の紋章《もんしょう》――王族にのみ許された印である。

本物であることを確認《かくにん》すると、アルメリアは微笑《ほほえ》んで礼を述べた。

「わざわざ御足労《ごそくろう》いただき、ありがとうございました」

しかし、リシュエルは退出する様子もなく、じっとアレクトを見つめている。

「……何か？」

「おそれながら、陛下は私におっしゃったのです。アレクト殿下が書状を確かに読むところまで見届けよと」

堂々とした態度でリシュエルは言ってのけた。

きょとんとした顔をしているアレクトを前に、アルメリアは唇を噛《か》む。女王の発言を盾《たて》に取られてしまっては、従うよりほかはない。

――でも……。

アルメリアはちらりと封筒に目を落とした。

見たところ普通《ふつう》の書状だ。触《ふ》れた感じも、特に魔力《まりょく》がかかっている気配はなかった。しかし、本当にアレクトに悪影響《あくえいきょう》はないだろうか。まさかとは思うが――誘拐《ゆうかい》する前に死なれては大変なことになる。

考えている間にも、アレクトが手を差し出してきたので、アルメリアはひやひやしながら封を切った。上質紙には、きりりとした字体の文字が並んでいる。

アレクトが書状に目を落としている間、アルメリアは注意深くその横顔を見守った。

やがて、アレクトは息をつき、泣き笑いのような奇妙《きみょう》な表情になった。

「アレクト様、ご気分が悪いのですか」

『いや、大丈夫《だいじょうぶ》』

と、彼は書いたが、文字が震《ふる》えて歪《ゆが》んでいる。

『内容を承《うけたまわ》ったと伝えてくれ』

アルメリアはリシュエルを振《ふ》り向くと、きっとした眼差《まなざ》しで言った。

「女王陛下にお伝えください。アレクト殿下は、確かに書状の内容を承られましたと」

「それはよかった。では、私はこれにて失礼いたします」

リシュエルは満足げに微笑むと、軽《かろ》やかな足取りで部屋を出ていった。

二人きりになると、アレクトはテーブルの上に書状を投げやり、ソファーに横になって目を閉じる。

「医師を呼びましょうか」

アルメリアは問うたが、彼はかすかに首を振った。

書状の内容を確認したいところだが、女官の立場で勝手に盗《ぬす》み見るわけにもいかない。どうしたものかと思案していると、アレクトのほうから内容を打ち明けてきた。

『今度の御前《ごぜん》試合に、私も列席せよと母上が仰《おお》せになった』

「御前試合？」

アルメリアは目を丸くする。

御前試合とは、たしか王宮で年に一度開かれる、騎士たちの模擬《もぎ》戦のことだ。王族や貴族が観客となって応援《おうえん》する、お祭りのようなものだと聞いていた。

今年でローランシア王国は建国二百周年を迎《むか》える。確かに大きな節目ではあるだろうが、政治的意味合いはなく、単なる公式イベントだ。そこにわざわざ引きこもりの息子を出席させるとは、女王陛下は何を考えているのだろう。

『行きたくないな……』

アレクトの書いた文字の後に、点が滲《にじ》んでいる。心情を汲《く》み取って、アルメリアは苦笑《くしょう》した。

「そんなにお嫌《いや》なら、お断りになれば良いではないですか」

『母上の命令は絶対だよ』

アレクトは清々《すがすが》しいほどきっぱりした表情だった。

この様子だと、やはり王子は女王である母の言いなりだ。今まで後宮に引きこもり続けることができたのは、女王がそれを命じなかったからだ。暗殺を恐《おそ》れてなのか、別の理由かは分からないが……。

――でも、もしそうなら、何で今このタイミングで御前試合に？

疑問に思っていると、手の甲《こう》に手を重ねられた。

『一緒《いっしょ》にいてくれる？』

すがるような目が見つめてくる。

アルメリアは幼子をあやす母のように、アレクトの頭を撫《な》でた。

「もちろんです。殿下は、公《おおやけ》の場にお出ましになるのは久しぶりですものね。ご不安だとは存じますが、わたくしも同席させていただきます」

『ありがとう』

アレクトの無垢《むく》な微笑を見ていると、ふと不可解な気分になる。

どこにも出歩かず部屋に引きこもり続けているのなら、最初に会った夜、アレクトはなぜあそこにいたのだろう。

「殿下。一つお聞かせいただきたいのですが――」

と前置きして問いかけると、謎《なぞ》の答えは無邪気《むじゃき》な微笑と共に返ってきた。

あの日、あの晩、アレクトがあの場にいた理由。

『そなたを捜《さが》していたからだよ。ルシオラ』

冷水を浴びせかけられたかのように、全身が総毛立った。

思わずその場を逃《に》げ出してしまいたい衝動《しょうどう》に駆《か》られるのを、右手で左手首をつかむことで何とか堪《こら》える。

ルシオラ姫《ひめ》の死後、王子は最愛の人の面影《おもかげ》を捜して、果てない夜を彷徨《さまよ》い続けている。

――後宮には幽霊《ゆうれい》が出る。

侍女《じじょ》たちから聞いた、あの噂《うわさ》は本当だったのだ。

ただし、その正体はルシオラ姫ではない。

幽霊は、アレクト殿下そのものだった。


宮廷《きゅうてい》礼拝堂は、主宮と後宮に一つずつ存在する。

後宮にある別堂が王子や姫君《ひめぎみ》、女官たちの個人的な礼拝に用いられるのに対して、主宮のものは本堂と呼ばれ、婚姻《こんいん》や慰霊《いれい》祭など公式の行事に用いられる。

静まり返った本堂内部、懺悔《ざんげ》の間と呼ばれる個室で、その人物は主《あるじ》の訪《おとな》いを待っていた。

「ネズミが潜《もぐ》り込んでいるようだな」

重々しい声に、深くこうべを垂れる。

「申し訳ありません。わたくしの力が及《およ》ばず、排除《はいじょ》が遅《おく》れている次第《しだい》でございます」

「よい。ルシオラ姫の一件以来、後宮の《まじない》は強化されている。かいくぐるは至難の業《わざ》よ」

面《おもて》を上げよと命じられ、主に対面する。

「して、かの者の身元は」

「恐れながら、資本家階級の三女ということしか……異例の速さで女官に昇格《しょうかく》したことを鑑《かんが》みても、何か裏があるとは推察されますが」

「情報統制が徹底《てってい》されているのだろう。王宮内部に協力者がいるな。正攻法《せいこうほう》ではそう簡単に尻《しっ》尾《ぽ》を出すまい」

「根比べ……となりましょうか」

「いや。いずれにせよ、邪魔者《じゃまもの》は一掃《いっそう》するだけだ。御前試合は良い機会よ」

その人物の面持《おもも》ちが緊迫《きんぱく》に張りつめる。

主は威厳《いげん》のこもった声音《こわね》で言った。

「分かっておろうな。この国の秩序《ちつじょ》を守るため、危険分子はたとえ王族であろうと消すのが我らの務め」

「承知しております」

従順に申し述べると、主は組み合わせた手の上に顎《あご》を置く。

「女王陛下は確かに賢明《けんめい》な御方《おかた》だが、あまりに急進的すぎる。アレクト様を喪《うしな》われれば目をお覚ましになるだろう。国王一人の早計で、国全体を危機に晒《さら》すわけにはいかぬ。陛下には穏便《おんびん》にご退位いただき、シベリウス殿下《でんか》のもとで新たな体制を打ち立て、より一層この国の護《まも》りを強固にせねばならん」

口調には、断固とした決意が込められていた。

「方法はそちに任せる。殿下ともども、その女官《ネズミ》も殺せ」

「かしこまりましてございます」

Ⅳ　誘拐

　御前試合は、毎年ローランシア王国建国記念日に開催《かいさい》される。集められた王族や貴族の前で王国騎士団《アストラルナイツ》が華麗《かれい》な剣技《けんぎ》と日頃《ひごろ》の鍛錬《たんれん》の成果を披露《ひろう》する祝典である。

　優勝者には褒賞《ほうしょう》と栄誉《えいよ》が与《あた》えられ、後に騎士団長に就任することが多い。騎士たちにとってこの日は、実力を示し、出世の道を切り開くまたとない機会であった。

　一方、観覧に集められた貴族の娘《むすめ》たちからすれば、騎士の勇姿が見られ、よしみを結べるチャンスでもある。ゆえに王宮前広場は今年も、着飾《きかざ》って参列する観客で賑《にぎ》わっていた。

　王族用に設《しつら》えられた特別観覧席、試合が間近に臨《のぞ》める場所が、アレクト王子とアルメリアの居場所だった。

　アレクトが特別観覧席に現れたとき、観客に大きなどよめきが起こった。六年ぶりに姿を見せたのだから無理もない。

　痛いほどの視線を浴びているのは、隣《となり》に控《ひか》えているアルメリアとて同じだった。この娘は何者だ？　と無数の目が無言で問うている。

「本当によろしいのですか？　殿下。このような場にお出ましになって」

　居心地《いごこち》が悪く身じろぎしながら、アルメリアは小声で問いかけた。

『母上の仰せだからね』

手持ちの上質紙にさらさらとペンを走らせ、アレクトはそれを手渡《てわた》してくる。意外なほどの落ちつきぶりに、アルメリアは目を瞠《みは》った。

『それにそなたもいてくれる。怖《こわ》いものは何もない』

「もったいないお言葉に存じます」

頭を下げつつ、アルメリアはどこか上の空だった。

王族であるアレクトと違《ちが》い、アルメリアは他人からの注目に慣れていない。今まで逃げ隠《かく》れする生活を続けてきたのだ、この状況《じょうきょう》に緊張《きんちょう》を感じるのは当然だった。

──でも、これはチャンスかもしれない。

御前《ごぜん》試合で王国騎士団《アストラルナイツ》の半数以上が王宮前広場に集まり、主戦力が試合に出場している今こそ、アレクト王子誘拐《ゆうかい》の好機だ。しかも特別観覧席についている護衛は騎士二人で、あとは奥にヴァネッサとモニカが控えているだけだ。アレクトの部屋と違って、防護魔法陣《まほうじん》が敷《し》かれている気配もない。騎士二人くらいなら襲《おそ》いかかってきてもどうとでもなるし、ヴァネッサとモニカが人を呼ぶ前に転移魔法陣でおさらばすることも可能だろう。

試合が始まれば、全員の注意はそちらに向かう。そこが魔法陣起動のタイミングだ。

アルメリアはちらりと王子を盗《ぬす》み見た。

──こんなにも私を信じてくれるこの方を、私は敵に売り渡《わた》す。

ゴッドアイに引き渡せば、アレクトは人質《ひとじち》だ。利用され、取引の材料として扱《あつか》われる。

だが、今誘拐をやめたところで、彼の付け狙《ねら》われる運命に変わりはない。アルメリアが失敗しても別の者が動くし、王位継承者《けいしょうしゃ》を利用しようと企《たくら》む者はゴッドアイだけではないはずだ。真の味方はいない。対抗《たいこう》するすべもない。唯一無二《ゆいいつ》の存在である、ルシオラ姫ももういない。

アレクトはひとりぼっちだ。

アルメリアは目を閉じた。

——今まで、ティルザさえいればいいと思ってた。

——でも、そのティルザを失えば……私も、この方のようになってしまうんだろうか。

楽団が盛大な音楽を奏《かな》で出し、俯《うつむ》いていたアルメリアは顔を上げた。

「女王陛下のご入場です」

主宮の扉《とびら》が開き、敷かれた赤絨毯《じゅうたん》の上をビルキス女王がこちらへ歩いてくる。均整の取れた肢体《したい》、深紅《しんく》の髪《かみ》、瞳《ひとみ》にはエメラルドグリーンの炎《ほのお》が燃えている。目がくらむほど華《はな》やかなドレスの裾《すそ》を貴族の子弟《してい》に持たせ、十名ほどの侍従《じじゅう》と騎士が整然と隊列を組む。頭に戴《いただ》くは至高の宝冠《ほうかん》。

世を統《す》べる者、国を照らす太陽。

誰《だれ》もが言葉を発せず、畏敬《いけい》の念が自然とこうべを垂れさせた。

演奏が余韻《よいん》を残して終わると、女王は集められた大臣や観客たちに向かって言った。

「皆《みな》の者、面《おもて》を上げよ」

一様にひざまずいていた騎士たちもまた、顔を上げる。

「王国の二百周年を祝う記念すべきこの日を、こうして皆と迎《むか》えられたことを心から嬉《うれ》しく思う。騎士たちは建国の昔に活躍《かつやく》した勇者にならって遺憾《いかん》なく力を発揮し、貴族は彼らのひたむきな忠誠を活力とせよ。これからも存分に、この国の繁栄《はんえい》のため力を尽《つ》くしてほしい」

明瞭《めいりょう》な発声に空気が震《ふる》える。ただ話しているだけなのに、この凄《すさ》まじい覇気《はき》はどういうことだろう。圧倒《あっとう》されて身動きはおろか直視すらできない。アルメリアは思わず胸を押さえた。

女王が話し終えると割れんばかりの拍手喝采《はくしゅかっさい》が巻き起こり、中には歓喜《かんき》の涙《なみだ》を流す者もいた。

トランペットの音が軽《かろ》やかに鳴り響《ひび》き、第一試合が始まる。

御前試合に出場できるのは、厳しい予選を突破《とっぱ》した十四名の騎士たちである。そこに五名の聖騎士《きし》及《およ》び騎士団長が加わって行われるトーナメント戦は、休憩《きゅうけい》を挟《はさ》んで一日中催《もよお》された。時間制限が短いため試合展開は速く、見ごたえのあるものだった。

試合を眺《なが》めながら、アルメリアは油断なく周囲の様子を窺《うかが》う。

——ベオはどこにいるのかしら。

一応、作戦決行については知らせておいた。アルヴィス付きの従僕だから、彼の傍《そば》を離《はな》れるわけにはいかないのだろうが……。

視線を彷徨《さまよ》わせていると、中央観覧席の肘《ひじ》かけに肘を置いて座るビルキス女王と目が合った。

女王は豪胆《ごうたん》に笑う。アルメリアは目礼する。心臓をつかんでひねり上げられたかのよう、手のひらに冷や汗《あせ》が滲《にじ》む。

「失礼いたします」

ヴァネッサの声がしたかと思うと、その背後にロックフェルトとリシュエルの姿が見え、アルメリアは背筋を伸《の》ばした。

「アレクト様。騎士団長ロックフェルト様、並びに副団長リシュエル様が御前試合開催の御礼《おれい》とご挨拶《あいさつ》に参りました」

まずはロックフェルトが前に進み出ると、膝《ひざ》を折る。

「このたびは御前試合の開催、またご列席をいただきまして、誠《まこと》にありがとうございます。騎士一同、日頃の鍛錬の成果を発揮し、素晴《すば》らしい試合をお見せできるよう努めますので、何卒《なにとぞ》よろしくお願い申し上げます」

アレクトは軽く顎を引いて応じた。

リシュエルもロックフェルトの隣で膝をつき、深くこうべを垂れる。

「アレクト様、どうぞ騎士たちの勇姿を存分にお楽しみくださいませ」

アルメリアは黙《だま》って控えていたが、二人が顔を上げたところで微笑《ほほえ》んで会釈《えしゃく》した。

ロックフェルトの鋭《するど》く研《と》ぎ澄《す》まされた瞳と、リシュエルの柔和《にゅうわ》ながらも全《すべ》てを見透《みす》かす瞳が食い入るように見つめてくる。逸《そ》らさずに見つめ返すのが精いっぱいだった。

「殿下。第二試合はロックフェルト殿《どの》と、牡羊隊《アリエス》随一《ずいいち》の精鋭《せいえい》、ピラト殿との対決となっております。どちらも今大会の優勝候補ですので、見ごたえのある試合になるかと存じます」

リシュエルはにこやかに言い、ロックフェルトを手のひらで示す。彼は軽く会釈しただけで、何のコメントもしなかった。

「女官《にょかん》殿と殿下の席はこちらか」

唐突《とうとつ》に問いかけられて、アルメリアはびくりとした。

「ええ」

頷《うなず》くと、ロックフェルトは目を細め、それとなく周囲の様子を探《さぐ》っている。まさか、作戦に感づかれたのだろうか。鼓動《こどう》の音が高くなる。

「ロックフェルト。そろそろ控《ひか》え室に行ったほうがいいんじゃないかい？」

リシュエルに促《うなが》され、ロックフェルトはアレクトに向き直って敬礼した。

「では、殿下《でんか》。これにて失礼いたします」

アルメリアとすれ違う瞬間《しゅんかん》、耳元で聞き取れるぎりぎりの小声で言う。

「疑われたくなければ、突然《とつぜん》気配を絶つような真似《まね》はしないことだ」

思わず振《ふ》り向くが、逞《たくま》しい背中がきびきびと遠ざかってゆく。リシュエルも優雅《ゆうが》なお辞儀《じぎ》をすると、その後に続いた。

——今のは……。

うなじが粟立《あわだ》つ。先日の訓練場での一件を言っているのだろうか。うまく隠れおおせたつもりだったが——気取られていたのかもしれない。

やはり侮《あなど》れない相手だ。ベオも相当な実力者だと評していたし、《まじない》の能力も未知数だ。彼らの疑いが確証に変わる前に、作戦を実行しなければ。

手の甲《こう》の上に手を重ねられ、アルメリアははっと我に返った。

『次の試合、どちらの者が勝つか賭《か》けよう』

「面白《おもしろ》いお考えですわ」

　アルメリアは両手を合わせて賛成する。

「では、何を賭けることにいたしましょうか」

『負けたほうは、勝ったほうの言うことを何でも一つ聞くというのは？』

　書かれた文字に素早《すばや》く目を走らせ、アルメリアは苦笑《くしょう》した。

「おかしな方。アレクト様の御名《みな》をもってすれば、お命じになれないことは一つもありませんのに」

　アレクトはゆっくりと首を横に振った。

『それは違うよ、ルシオラ。誰も私の命令など聞きはしない』

　分かるだろう？　とその目は問うていた。泣いてはいない、瞳は乾《かわ》いている。けれど、顔には悲哀《ひあい》の色が浮《う》かんでいた。

　アルメリアが口を開くと、かき消すようにひと際《きわ》大きな拍手が起こった。

「勝者、ウォルター・シャイロック！」

　太鼓《たいこ》が打ち鳴らされ、勝どきの声が上がり、第一試合が終了《しゅうりょう》する。勝者が両手を広げて観客の声援《せいえん》と乱れ飛ぶ口笛に応じ、優雅なお辞儀を繰《く》り返した。

「何という幸運！　これぞまさしく神のご加護！」

天幕にある選手控え室で、アルヴィスは両手を空に突《つ》き上げて叫《さけ》んだ。

「ピラトよ、お前の無念は僕が晴らす。必ずや華麗《かれい》なる勝利を収めてくるからな！」

ピラトと呼ばれた青年は苦痛の表情で腹を抱《かか》えている。昨晩までは何もなかったのに、今朝になって突然、凄まじい腹痛が押し寄せてきたという。

——きな臭《くさ》いな。

従僕として奥で控えつつ、ベオは異様な雰囲気《ふんいき》を感じ取っていた。

本来御前《ごぜん》試合に出場するはずだったピラトが急遽《きゅうきょ》欠場、代わりにあっさり予選落ちしたアルヴィスが抜擢《ばってき》されるとは——どうも作為《さくい》を感じる。

ピラトは歳こそアルヴィスと変わらないが、騎士《きし》団の中でも選《え》りすぐりの精鋭。次期聖騎士の座は確実とも言われる、今大会での優勝候補だ。当然嫉妬《しっと》も買っているし、足を引っ張る人間もいるだろう。

代打としてアルヴィスに白羽の矢が立ったのは、同じ隊の所属で偶然《ぐうぜん》非番だったためだ。試合直前になっての変更《へんこう》で、代わりの人間を探す時間の余裕《よゆう》がなかったことも要因である。だが、それも含《ふく》めて誰かの企《たくら》みだとしたら？

——穿《うが》ちすぎか。

ちらりとベオが横目で見ると、アルヴィスの顔には闘志《とうし》がみなぎっている。

「神が与《あた》えたもうたこの機会、必ずや活《い》かしてみせる。女王陛下の御為《おんため》にも！」

ピラトは青ざめた表情で手を伸ばした。

「無理するな、アルヴィス。お前は……団長には……」

痛みのあまり悶《もだ》え苦しむ友の手を握《にぎ》りしめ、アルヴィスは情熱的に言った。

「大丈夫《だいじょうぶ》だ。お前は何も気にせず、ゆっくり休め。後は全部僕に任せろ」

至極《しごく》不安げな面持《おもも》ちで、ピラトは救護班の担架《たんか》に乗せられていった。

「第二試合が始まります。選手の方はご入場ください」

呼びに来た侍従《じじゅう》が告げ、アルヴィスはやる気満々の面持ちで天幕をめくった。

所定の時間になったというのに、第二試合がなかなか始まらない。観客も焦《じ》れたのか、ざわめき始めている。

アルメリアは傍にいたモニカに問いかけた。

「何かあったのでしょうか」

「どうやら、対戦相手のピラト様が棄権《きけん》されたそうで」

──棄権？

アルメリアは眉《まゆ》を寄せた。

御前試合は騎士にとって、一世一代の大舞台《おおぶたい》だ。その日に向けて訓練し、万全《ばんぜん》の準備を整えるはず。当日いきなり棄権するなど前代未聞《ぜんだいみもん》だった。

「代わりにアルヴィス・レリスタット様がご出場なさるそうですわ」

モニカは二人に茶を注《つ》ぎながら、のんびりと告げる。

──あのお坊《ぼ》っちゃんが？

ますますもって妙《みょう》だ。ロックフェルトの相手が務まるとは到底《とうてい》思えないが……。

とんとんと肩《かた》を叩かれ、見ると、アレクトが紙を差し出していた。

『ルシオラ、どっちに賭ける』

逸《はや》る手つきで書かれた文字が躍《おど》っている。

『好きなほうに賭けていいよ』

「ありがとう存じます」

アルメリアは胸に手を当てて言った。

「ではわたくしは、アルヴィス様に」

アレクトが目を丸くする。

先ほどからざわめきに混じって聞こえてくるのは、貴族たちの容赦《ようしゃ》ない下馬評だ。

「瞬殺《しゅんさつ》だろ。一秒もたない」

「アルヴィス卿《きょう》ってあれか、無能なぼんぼんの」

「メラニー宰相《さいしょう》のコネで採用された落ちこぼれだよ」

「ロックフェルト様の敵じゃないわね」

彼らのあけすけな物言いが、アルメリアの耳に届いていないはずがなかった。

『何か策があるんだね』

と問われ、アルメリアは首を振る。

「いいえ。ただ、そのほうが面白いと思っただけですわ」

実際、賭けなどどうでもいいのだ。アレクトを誘拐《ゆうかい》できればそれでいい。

だが、それを聞いてアレクトは晴れやかな笑顔《えがお》を見せた。

「……殿下がこんなに楽しそうに笑われるお顔を、久しぶりに拝見しました。嬉《うれ》しゅうございます」

モニカは口元を手で覆《おお》ってすすり泣いている。アレクトは彼女の手を取って握りしめた。

罪悪感に胸が痛み、アルメリアは目を伏《ふ》せた。

試合開始のトランペットが鳴り響《ひび》く。

アルメリアは広場の隅《すみ》、芝生《しばふ》の上で待機しているベオの姿を捉《とら》えた。目が合うと、ベオは小さく頷いてみせる。作戦決行の合図だ。

ピラトの件は気にかかるが、このうってつけの機会を逃《のが》すわけにはいかない。

「お茶のお代わりをお持ちしますね」

モニカが下がったのを見て、アルメリアは懐《ふところ》に隠《かく》し持っていた魔《ま》法陣《ほうじん》を取り出した。

——今だ。

アレクトの手に自らの右手をそっと重ね、左手で転移魔法陣に力を込め始める。

アルヴィスとロックフェルトは互《たが》いに礼をすると剣《けん》を構え、静かに間合いを測り出した。

「さっさと斬《き》り込んでこい。時間の無駄《むだ》だ」

冷徹《れいてつ》に言い捨てられ、しかしアルヴィスは歓喜《かんき》の表情を加速させていく。

「さすが団長。全然隙《すき》がないです。一太刀《ひとたち》も与えられる気がしない！」

「来ないならこちらから行くぞ」

そう言ってロックフェルトの姿が消えたかと思うと、次の瞬間《しゅんかん》には剣のこすれ合う金属音が響いていた。

ほとんど反射的に動かした剣で、アルヴィスは目にも留まらぬロックフェルトの初撃《しょげき》を受け止めていた。防げたのは完全に運であり、少しずれていれば額が割れていただろう。

ロックフェルトは剣の重みなど感じていないかのように軽々と斬りかかる。その動きは円舞《えんぶ》のように優雅《ゆうが》だ。対して、アルヴィスはがむしゃらに剣を振《ふ》り回すが、ひらりひらりとかわされている。両者の力量差は明らかだった。

——遊んでるな。

ベオは見抜《みぬ》いた。ロックフェルトの目の底に退屈《たいくつ》がちらついている。

「くそっ、こうなったら奥の手だ！」

アルヴィスは飛びのいてロックフェルトと十分な距離《きょり》を取ると、剣の柄《つか》を両手で握って力を込めた。

「うおぉぉーっ！　我に力を！」

観衆にどよめきが起こった。

「あいつまさか」

「反則使《まじない》う気か⁉」

王国騎士団《アストラルナイツ》は純粋《じゅんすい》な剣技《けんぎ》と体術を磨《みが》くことを旨《むね》としており、騎士たちは戦闘《せんとう》向きの《まじない》の素養があっても、実戦での使用はよしとされていない。ただし聖騎士以上の位につく者は例外であり、大々的に《まじない》を披露《ひろう》することが許されていた。

——発動するのに時間かかりすぎ。相手が待ってくれるわけないだろ。

組んだ両手を頭の後ろに置き、ベオは呆《あき》れ顔だったが、はっと表情が強張《こわば》った。

ほんのわずか、気のせいかと思うほどだったが、アルヴィスの周囲に透明《とうめい》な風が集まり始めたのだ。

——あれは……‼

その瞬間、高く澄《す》んだ音が響いて、ロックフェルトがアルヴィスの剣を弾《はじ》き飛ばしていた。

くるくると弧《こ》を描《えが》いて飛んだ剣は墓標のように地に突《つ》き刺《さ》さり、反応すらできなかったアルヴィスの喉元《のどもと》に刃《やいば》の切っ先が突きつけられる。

「勝者、ロックフェルト・ジェラルミ！」

審判《しんぱん》が声を上げ、どっと拍手《はくしゅ》と歓声《かんせい》が起こった。

「未熟者ほど、むやみに《まじない》に頼《たよ》ろうとする」

剣は汚れていないが、癖《くせ》なのか、ロックフェルトは几帳面《きちょうめん》に血を払《はら》い落とす動作をした。

その後、剣を鞘《さや》に納め、透徹《とうてつ》な眼差《まなざ》しで告げる。

「お前に騎士《きし》たる資格はない。弱き者は去れ」

アルヴィスは膝《ひざ》をついて立ち上がり、

「僕、強くなります！」

その言葉を虫けらのごとく無視し、ロックフェルトは背を向ける。

「必ず強くなって、あなたを倒《たお》せるくらいになってみせます！　絶対に！」

大声で叫《さけ》ぶその姿を、扇《おうぎ》で口元を覆った貴族たちが嘲笑《ちょうしょう》した。

負けたくせに何言ってるの？　見苦しい。できるわけないだろ。身のほどを知れよ。

それら全《すべ》てを背負って、なおアルヴィスは堂々と顔を上げていた。

『私の勝ちだね』

重ねていた手をほどき、アレクトは再び紙に文字を書きつけて差し出した。

『願いを聞いてもら』

書きかけた紙を、アルメリアは静かに彼の指から引き抜《ぬ》いた。

──全部、嘘《うそ》だった。

だからせめて最後は、正直でいたい。

「殿下《でんか》。お詫《わ》びしなければならないことがあります」

椅子《いす》を下り、転移魔法陣を手に跪《ひざまず》く。十分に魔力《まりょく》の込められたそれは、燐光《りんこう》を放っていた。

騎士二人が異変に気づいて駆《か》けつけるかと思われたが、彼らはいつの間にか姿を消している。

「私はルシオラ姫《ひめ》ではありません。シルヴィアという名も嘘です。私の本当の名は、アルメリア。アルメリア・アストリッド」

薄氷《はくひょう》の砕《くだ》けるような音がして、シルヴィアの姿はたちまちアルメリアのものに戻《もど》る。

「私は盗賊《とうぞく》です。あなたを王宮《ここ》から攫《さら》いに参りました」

きらめく風に蜂蜜《はちみつ》色の髪《かみ》が流れる。蒼《あお》く深い瞳《ひとみ》、理知的な白い額、花弁のような唇《くちびる》。

突然《とつぜん》の変化に、アレクトは目を見開いたまま固まっていた。

「……ごめんなさい」

アルメリアが魔法陣を起動させようとしたその時、

『わ・た・し・を』

アレクトの唇が動いた。

『こ・こ・か・ら・出・し・て・く・れ・る・の・か？』

どつっ——と音がして、アレクトが床《ゆか》に倒れ込んだ。

「殿下！」

何が起こったのか分からずうろたえるアルメリアの肩《かた》をかすめて、一本の矢が鋭《するど》く床に突き刺さる。衝撃《しょうげき》から半拍遅《ぱくおく》れて、鋭い痛みが走った。

——狙撃《そげき》されてる。

見ると、アレクトの額には矢が突き刺さり、一筋の血がこめかみへ向けてつうと流れていた。

「アレクト様！」

「どういうことです、これは！」

モニカとヴァネッサがやってくるが、その間にも矢はすさまじい速さで空間を突き破ってくる。たちまち辺りには森のように矢の根が生えた。

次に飛び込んできたのはベオだった。

「伏《ふ》せろ！」

頭を押さえつけられ、半ば押し倒されるようにして床にうつ伏《ぶ》せの体勢になる。

「矢を止めて！」

アルメリアは叫んだが、ベオは飛んでくる矢を剣で弾きながら早口で言う。

「無理だ。俺が止められるのは生物の動きだけ。無生物は止められない」

混乱に静まり返っていた観客席からようやくざわめきが起こり、悲鳴があちこちで響《ひび》いた。

「誰《だれ》か！　早く王子を！」

ヴァネッサが恐慌《きょうこう》状態で助けを呼んでいるが、控《ひか》えているはずの騎士どころか、侍女《じじょ》や侍従《じじゅう》さえ姿を見せない。辺りはもぬけの殻《から》だった。

「殿下！　今お助けします‼」

異変に気づいたアルヴィスがいち早く走り出すが、ロックフェルトに突き飛ばされて無様に転ぶ。すると、彼らの進行方向にも矢が突き刺さった。アルヴィスがそのまま走っていたら、間違《まちが》いなく直撃《ちょくげき》していたことだろう。

狙撃手は相当遠くからこちらを狙《ねら》っており、周到《しゅうとう》に身を隠《かく》しているらしく、おおよその方角は分かっても正確な位置はつかめない。

「殿下！　アレクト様っ‼」

モニカが顔を歪《ゆが》め、金切り声で叫ぶ。

「駄目《だめ》だ」

ベオは矢の雨が降る中、信じられないほど冷静に言った。

「もう死んでる」

アレクトの見開かれた瞳は異様に澄んでおり、虚空《こくう》を見つめている。もはや呼吸をしていないことは明らかだった。

「やられたな。仕組まれてたようだ」

「いや……いやっ!!」

アルメリアは激しく首を振《ふ》り、アレクトに覆《おお》いかぶさるようにして抱《だ》きしめた。冷たくなっていく体温に、まざまざと生々しい記憶《きおく》が蘇《よみがえ》る。

それは、今なお覚めやらぬ悪夢だった。

——お父様、お母様……!!

矢による攻撃《こうげき》は執拗《しつよう》に繰《く》り返される。王子だけでなく、この場にいる全員を殺すつもりのようだ。モニカは左腕《ひだりうで》に矢傷を受け、ヴァネッサも足に矢が突き刺さっていた。

「作戦失敗。撤退《てったい》するぞ」

ベオは矢を避《よ》けながら壁際《かべぎわ》に移動したが、アルメリアは呆然《ぼうぜん》としたまま動かない。

「もたもたするな！　死にたいのか」

答えないアルメリアにベオは舌打ちすると、その手から強引《ごういん》に転移魔法陣《まほうじん》を奪《うば》い取って起動する。途端《とたん》に周囲の景色が白くかすみ始めた。

「アレクト様！　アレクト様ぁぁーっ!!」

傷から血を流しながらも、モニカはなおアレクトに追いすがろうとする。ベオが突き飛ばすと、彼女は床に倒れ込んで気を失った。

「あなたたち……」

ヴァネッサは血の気の引いた顔で唇をわななかせ、棒切れのように立ち尽《つ》くしている。

――死なせない。

アルメリアは渾身《こんしん》の力を込めて、アレクトの額に刺《さ》さった矢を引き抜いた。そして再び、その体を強く抱きしめて目を閉じる。すると、魔法陣とは違《ちが》う、まばゆい光が辺りに満ち始めた。

――もう二度と、誰も死なせたりしない。

「おい、何してる！」

ベオが肩を掴んで引っ張ったが、アルメリアは王子の手を握《にぎ》りしめて離《はな》さない。

そして目もくらむような光と、空間の歪《ひず》みを収束させる音を立て、三人は忽然《こつぜん》とその場から消え失《う》せた。

――庭園の奥深くで、幼い泣き声が響いている。

輝《かがや》く鏡のような池のほとり、大樹が葉をそよがせる木陰《こかげ》に、ぐったりと大きな犬が横たわっている。固く冷たくなってゆく命燃え尽きた体にしがみつき、アルメリアは目を真っ赤にして泣きじゃくっていた。

へたりと折れた耳も、大きな歯も、黄金の毛並みも大好きだった。

いつも一緒《いっしょ》にいた、たった一人の友達。

肩に手を置かれて見上げると、ティルザが優《やさ》しく言った。

『駄目だよ、そんなに泣いちゃ。あんまり泣くと、アリーも心配で天国に行けないよ』

アルメリアはがむしゃらに首を振り、

『いや。アリー、行かないで、行かないで……』

無我夢中で犬を抱きしめ、額に額をすり寄せて口づける。

——お願い、死なないで……。

突如《とつじょ》として放たれた目の潰《つぶ》れそうな明るい光に、ティルザは思わず顔を覆った。

やがて、聞きなれた鳴き声を耳にし、アルメリアが歓声《かんせい》を上げる。

『ティルザ！　アリーが帰ってきたよ！』

元気にじゃれついて顔を舐《な》める犬の頭を撫《な》で、アルメリアは無邪気《むじゃき》に弟に笑いかける。

だが、ティルザは口をあわあわと動かし、腰《こし》を抜《ぬ》かしてへたり込んでしまった。

『ティルザ……？』

不思議に思っていると、腕《うで》を引かれて振り向いた。

そこには厳しい表情をした父と、真っ青な顔で見つめてくる母の姿があった。

『お父様、お母様』

『おいで、アルメリア』

父が強い力でアルメリアの手を引き、どこかへ連れていこうとする。

何かを予感してか、アリーがスカートの裾《すそ》にまとわりつき、甘えるように切なく鳴いた。

『いやっ、待って、アリー！』

必死でアリーに手を伸《の》ばすアルメリアに、母は悲しげに首を振った。

『ごめんなさい……ごめんなさいね。こんな力、あなたに背負わせたくなかった……』

懐《なつ》かしい眠《ねむ》りから浮《う》き上がり、アルメリアは気だるく身じろぎした。

水の中にいるような、とろりとした体の重みがある。抱きしめる腕の温《ぬく》もりが心地《ここち》よく、目の前にある胸に顔をすり寄せる。

「ティルザ……？」

「第一声がそれかよ。ま、予想どおりだけど」

その言葉で、寝《ね》ぼけた頭が一気に覚醒《かくせい》した。

反射的に布団《ふとん》をめくって飛びのき、舞《ま》い上がったそれが視界を遮《さえぎ》っている間に、手近な場所にあった花瓶《かびん》を摑《つか》んで投げつけた。イーディスはひょいと避け、花瓶は派手な音を立てて砕《くだ》け散る。

目の前にいるのは雇《やと》い主、ここは敵の本拠地《ほんきょち》、転移魔法陣で飛ばされて戻《もど》ってきたのだ。

「随分《ずいぶん》ごあいさつだな。それがご主人様に対する態度か？」

「ティルザはどこ」

アルメリアはきっと目尻《めじり》を吊《つ》り上げた。

「返して、今すぐに」

「だから取って食ったりしねえよ。ぴんぴんしてるっつーの」

まあ座れって、と席を勧《すす》められて腰かける。テーブルには茶と軽食の用意が整えられていた。

「毒とか入ってないから食べな。腹減ったろ」

と言いつつ、イーディスは率先《そっせん》してサンドイッチをぱくぱくとたいらげる。

アルメリアは一口も手をつけず、目の前の男を睨《にら》みつけた。

イーディスは視線に気づくと、アルメリアの頭に手を置いて言った。

「褒《ほ》めてやるよ。お手柄《てがら》だったな、お嬢《じょう》さん」

「じゃあ王子は」

「無事だ。まだ起き上がれる状態じゃないけどな」

そう、とアルメリアは胸を撫でおろした。喉《のど》につかえていた苦い塊《かたまり》が消えてゆく。

――よかった……。

途端にお腹《なか》がぐうと鳴る。飄々《ひょうひょう》と食べ続けるイーディスに対抗《たいこう》して、アルメリアは猛烈《もうれつ》な勢いで食べ始めた。

「食っとけ食っとけ。丸一日、気を失ってたんだからな」

笑いながらイーディスが言い、アルメリアはぎょっとした。

「一日も？」

――一、二時間ぐらいのことだと思ってたのに。

イーディスの目がじっと見つめてくる。その様子が普段《ふだん》と違って真剣《しんけん》なので、アルメリアはどぎまぎした。

「それって転移魔法陣を使ったから？」

違う、とイーディスは否定した。

「鏃《やじり》には毒が塗《ぬ》られてた。殿下《でんか》はもちろんだが、お前もベオもかすってたから、解毒《げどく》に一日かかったんだよ。軽く生死の境、彷徨《さまよ》ってたの知らないだろ」

なるほど。剣先《けんさき》に毒を塗るやり方だと、揉《も》み合いになれば自分が毒を浴びる可能性もある。弓を使って離れた場所から襲撃《しゅうげき》することで、返り討《う》ちを防ぎ、面が割れるリスクも避けられるというわけだ。

それにしても、狙撃《そげき》手は大した腕前《うでまえ》だ。最初の一撃《いちげき》を確実にアレクトの急所に命中させ、その後も全員に毒矢を食《く》らわせた。あの場にベオが駆《か》けつけていなければ、アルメリアたちも命はなかっただろう。

「さて、報酬《ほうしゅう》だ」

イーディスは革袋《かわぶくろ》に入った、ずっしりと重い金貨をテーブルの上に置いた。

「百万ルピ入ってる」

アルメリアは疑いの眼差《まなざ》しを向ける。

「言ったろ。商人は一度した約束をたがえたりしない。任務に成功したんだから、この報酬はお前たちのものだ」

と、イーディスは請《う》け合った。

その瞳《ひとみ》に嘘《うそ》がないことを感じ取り、アルメリアは新鮮《しんせん》な驚《おどろ》きを覚えていた。

――この人……。

目的のためには手段を選ばない、冷酷《れいこく》な男。自分たちのことも駒《こま》としか思っていない。そう思っていたけれど――実は、思っていたよりまともなのかもしれない。

「……ありがとう」

アルメリアは小さく言って、金貨に指を伸ばしかける。

「ただし」

イーディスはにやりと笑うと、不意にそれを持ち上げた。

「その前に、一つ質問に答えてもらうぞ」

嫌《いや》な予感がして、アルメリアは椅子《いす》から立ち上がる。しかし、さっきのやりとりで気が緩《ゆる》んでいたせいか、行動が少し遅《おく》れてしまった。

イーディスは先回りして扉《とびら》の前に立ちふさがる。

「お前の《まじない》は何だ？」

「何であなたに、そんなこと教えなきゃならないの」

反射的に言い返すと、イーディスは底意地の悪い笑《え》みを浮かべた。

「やっぱりな。つまり姿を変える《まじない》は、お前じゃなく、弟君のほうの能力だったってことか」

腕組《うでぐ》みをして心得顔で頷《うなず》いている。アルメリアの背筋が凍《こお》りついた。

――しまった……！

「おかしいと思ったんだよ。お前自身が、姿を変える《まじない》を使うのを見たことなかったからな。問題は、なぜそこまでして隠《かく》してたかってことだが――」

イーディスが喋《しゃべ》っている横をすり抜け、アルメリアは扉を出ようとする。

だが、

「おっと。逃《に》がさねえぞ」

手首を掴まれ、アルメリアは振《ふ》り払《はら》おうともがいた。

「離《はな》して」

「まだ話は終わってないだろ。座れよ」

「あなたと話すことなんて何もない。離して！」

激しく抵抗《ていこう》するアルメリアに、イーディスは溜息《ためいき》をついた。

「ティルザに会いたいか」

アルメリアの動きが止まる。

しばらく間を置くと、イーディスは優しく言った。

「あいつは無事だ。怪我《けが》も病気もしていない。この話がすめば、すぐにでも部屋に来させる。お前がいい子にしていれば、何も問題は起こらない。……分かるな？」

アルメリアは悔《くや》しそうに目に涙《なみだ》を滲《にじ》ませた。

「……卑怯者《ひきょう》」

「何とでも言ってくれ。さ、話の続きだ、お嬢さん。お前の《まじない》は何だ？」

促《うなが》されて席に着き、アルメリアは両膝《りょうひざ》に手を置くと、長い間無言で俯《うつむ》いていた。

イーディスは急《せ》かすことはしなかったが、厳しい眼差しでこちらを見つめている。沈黙《ちんもく》は許されず、虚偽《きょぎ》は一瞬《いっしゅん》で見破られるだろう。

アルメリアは降参し、項垂《うなだ》れた。

「私の《まじない》は……」

大きく息を吸い込み、顔を上げて告げる。

「死者を蘇《よみがえ》らせること。招魂《しょうこん》の力って、お母様はそう呼んでた」

今度はイーディスが絶句する番だった。切れ長の目が瞬《まばた》きをし、唇《くちびる》を開きかけては閉じることを繰《く》り返す。

言ってしまった——とうとう言ってしまった。

この力のことは絶対に誰《だれ》にも明かさないと、両親と約束したのに。

アルメリアは爪《つめ》が食い込むほど拳《こぶし》を握《にぎ》りしめる。

仕方なかったのだ。もう半月以上ティルザと顔を合わせていない。王宮にいたときならともかく、今は目と鼻の先にいるのだ。これ以上、会わずにいるのは耐《た》えられない。

——この人は私が何を望み、どうされるのが一番嫌か、よく分かっている。

出会ってから短い期間しか経《た》っていないというのに、正確に思考を把握《はあく》し、的確に急所を突《つ》いてくる。悪魔《あくま》のような洞察《どうさつ》力が恐《おそ》ろしかった。

「ベオから報告を受けている。王子は額に矢を受けて息絶えた、それは確かだと。……なのに転移魔法陣《まほうじん》で戻《もど》ってきたとき、アレクト殿下は生きておられた。もちろん矢傷によって毒に冒《おか》されてはいたけどな」

「当たり前よ。私ができるのは蘇生《そせい》であって、解毒じゃない。病気も治せないし傷も癒《いや》せない。ただ、体から離れかけた魂《たましい》を繋《つな》ぎとめて戻すことができるだけ」

どっと疲労感《ひろうかん》が押し寄せてくる。アルメリアは息をつき、ベッドに腰《こし》かけた。

イーディスは隣《となり》に腰をおろすと、強い懸念《けねん》を帯びた目で言った。

「他《ほか》には？」

「え？」

「他にもあるだろ。《まじない》を発動させるための条件が」

熱心に問い詰《つ》めてくるが、アルメリアは力なく首を振った。

「私だって、人間相手に使ったのは二度目なのよ。それ以上のことなんて」

「二度目？」

イーディスは目を剝《む》いた。

「一度目はいつ使ったんだ」

黙《だま》っていると、イーディスが焦《じ》れたように身を乗り出す。

「自分の《まじない》についての知識がないなら、何で解毒や治癒《ちゆ》ができないと知ってる」

「それは……そうお母様に教わったから」

アルメリアは目を伏《ふ》せた。

あのとき――初めてアリーを『蘇らせてしまった』あのとき――アルメリアは己《おのれ》の《まじない》の秘密と、恐ろしさを知ったのだ。

「私たちの肉体には自然治癒力が備わってるけど、魂は魂で別に強い生命力を持っていて、肉体に戻したときの衝撃《しょうげき》で爆発《ばくはつ》的な修復作用が起こるの。だから招魂すると、大抵《たいてい》の傷や症状《しょうじょう》は一時的に治ってしまう。アレクト殿下の額の傷が治っているのは、それが理由だと思う。でもそれは私の力じゃなく、肉体に戻った魂の反射作用だから……その後、肉体の自然治癒力が不足していたり、回復が追いつかなければ、すぐにまた命は尽《つ》きてしまう」

「つまり寿命《じゅみょう》が尽きて死んだ人間は、招魂しても肉体の自然治癒力がゼロだから、またすぐに死んでしまうと？」

「そう。燃やされたりして、完全に肉体が滅《ほろ》んでる場合も同じ。それに離魂《りこん》といって、魂は死後一定時間経つと体から完全に離れてしまうから……そうなったら蘇生することはできない」

アルメリアはこめかみを押さえた。疲《つか》れのせいか、ずきずきと頭が痛む。

《まじない》を使えば疲労《ひろう》はするが、今回のように気を失ったり一日中寝込《ねこ》むことはない。アリーのときは今よりもっと幼かったが、倒《たお》れたりはしなかった。ただ、今回は毒矢で射られたことや、精神的疲労が大きいのだろう。

アリーは蘇った日の夜、再び息を引き取った。あのときの絶望は未《いま》だに覚えている。二度も死の苦しみを味わわせてしまった辛《つら》い後悔《こうかい》も。

「私が知ってるのはそこまでよ。本当はもっと教えてもらいたかったけど、両親にもう二度と使わないと約束したし……その後すぐにあの事件があって、お母様は死んでしまったから」

《まじない》は血によって受け継《つ》がれる。娘《むすめ》と全く同じ能力を持ち、その秘密や痛みを分かち合えるのは母親だけだった。そして母セシリアはアルメリアに、《まじない》を使うことも、それを誰かに話すことも固く禁じたまま、多くを語らずに亡《な》くなった。

イーディスに両肩《りょうかた》を摑《つか》まれ、アルメリアは顔を上げた。

「本当に、お前自身の体に影響《えいきょう》はないのか？　自分の寿命を削《けず》って、相手に与《あた》えてるんじゃないだろうな」

強い剣幕《けんまく》に、思わず息を吞《の》む。

その瞳は緋色《ひいろ》の海だった。きらめく鮮《あざ》やかな炎《ほのお》だった。

アルメリアは困惑《こんわく》しながらも、小さくかぶりを振った。

「そういうことは……ないと思う。自分のじゃなくて、植物とか大気から生命力をもらって、その力で魂を体に結び直す《まじない》だから」

「確かなんだな」

両肩を摑んだ腕《うで》に力がこもる。アルメリアは頷きながらも、痛みに顔をしかめた。

それを見て、イーディスはようやく手を離す。

「悪い」

「どうして？」

「痛かったろ」

「そうじゃなくて。どうしてあなたが、そんなことを気にするの」

アルメリアの問いに、イーディスの顔に初めて狼狽《ろうばい》の色が見えた。

「そりゃ……」

口ごもった後、ばつの悪そうな表情で言う。

「商品のことは何でも知っておく主義だからだよ」

ふうん、とアルメリアは呟《つぶや》く。

「それで？」

問いかけると、イーディスはきょとんとした顔をした。

「私に何かさせるつもりなんでしょ？　能力のこと知ったんだから」

そこまで聞いてイーディスは腑《ふ》に落ちたのか、「ああ」と軽く手を振った。

「ないない。そんなやばい力、俺には扱《あつか》いきれないからな」

「えっ……。でも、そのために私に聞いてきたんじゃないの？」

アルメリアは食い下がったが、イーディスはきっぱりと首を振って告げる。

「いや、違《ちが》う。俺が使いたかったのは弟君の変装能力と、お前の調査力だけだ。お前の《まじない》がどんなものか知りたかったのは、知っておいたほうが後々の対策が立てやすいと思ったからだ」

「対策？」

とアルメリアはオウム返ししたが、イーディスはそれについては答えなかった。

代わりにこう言った。

「アレクト王子を蘇らせてくれたこと、心から礼を言うよ。ありがとう」

深く頭を下げられて、アルメリアは仰天《ぎょうてん》した。

「何で……あなたがお礼を言うのよ」

唇が震《ふる》え、声がかすれる。

イーディスは真摯《しんし》な眼差《まなざ》しで続けた。

「そんな重たいもの背負いながら、今までよく生きてきたな。辛かったろ」

喉《のど》が詰まり、アルメリアは震える胸を押さえた。

『アルメリア、この能力は誰にも話してはいけないよ。知られたら、誰もがお前を利用するだろう。お前のお母さんが、ずっとそのことで苦しんできたように』

アリーが死んだとき、父ジャスティスはアルメリアに何度もそう言い聞かせた。

深窓の令嬢《れいじょう》と言えば聞こえはいいが、母セシリアは幼いころから屋敷《やしき》に閉じ込められ、どこにも出してもらえず、ほとんど幽閉《ゆうへい》同然の生活を送っていたらしい。周囲の人間も、家族でさえ、その能力を使って人を蘇生させるためだけに彼女を利用した。

そこから母を助け出したのが、ジャスティス・アストリッドだった。

『どんなに心を許しても、親しく打ち解けても、招魂《しょうこん》の《まじない》のことを知れば、相手は必ずあなたの力を求める。そして、あなたを蘇生の道具としてしか見られなくなる。この力は、そういう力なのよ』

母セシリアは、泣きながらアルメリアにそう告げた。

誰《だれ》にも話してはいけない。知られたら恐《おそ》ろしいことが起こる。そう思っていたのに。

「お前の力は誰にも言わないし、その力を使って誰かを蘇《よみがえ》らせろとも言わない。約束する」

イーディスは手のひらを上に向けて差し出した。その上に手を重ねれば、約束の印になる。

アルメリアは戸惑《とまど》った。

「でも……いるでしょう？　あなたにも。戻ってきてほしい人が。もう一度会いたい人が」

人は誰しも、そういう存在を抱《かか》えている。アルメリアにとって両親がそうであるように。

だからこそ、自分の能力を誰もが欲《ほっ》するのだと、アルメリアは悟《さと》っていた。

しかし、意外にもイーディスはあっけらかんと笑った。

「そりゃ、いるっちゃいるけどな。でも、別に相手も生き返りたくもないだろうよ。呼び出したところで、天界で元気にやってるんだから邪魔《じゃま》すんなって、追い返されるのが関の山だろ」

アルメリアはぽかんと口を開けてしまった。

──確かにそうかもしれないけど……。

そう簡単に割り切れないのが人の心なのに、イーディスは恬淡《てんたん》としている。

「それより自分の体を大事にしろよ。人を生き返らせて、自分が死んだら元も子もないだろ」

と言い、イーディスはアルメリアの手を引いて、自分の手のひらの上に重ねさせた。

「はい、約束」

押し寄せてくる感情に、アルメリアは唇《くちびる》を噛《か》みしめた。

──《まじない》の力じゃない。

──この人は私を、私自身として見てくれるんだ。

嬉《うれ》しかった、心の底から。

《まじない》の力がばれる恐怖《きょうふ》を、イーディスはいとも簡単に取り去ってくれた。

──少しだけ、信じてみてもいいのかもしれない。

もちろん、彼の全《すべ》てを信用することはできない。けれど、一歩だけでも、理解しようと歩み寄るだけの価値はあるのかもしれない。

ほっとして気が抜《ぬ》けたせいか、途端《とたん》にとろとろとした眠気《ねむけ》が押し寄せてくる。瞼《まぶた》がおりてきて、欠伸《あくび》が止まらなくなってきた。

すると、それを見越《みこ》したようにイーディスが言った。

「よし。話も終わったし、もう一回寝とくか」

「ちょっと待って。その前にティルザに会わせて」

と言い張ると、いきなりイーディスに抱《だ》きしめられる。

「ちょっ、何⁉」

「いいから。じっとしてろ」

「話が違うでしょ！　私はティルザに」

「分かった分かった。後で会わせてやるから」

「嫌《いや》だってば……！」

じたばたと手足を動かしたが、体を押しつけられるようにして密着しているため、顔を上げることすらできない。目の前が真っ暗で、穏《おだ》やかな鼓動《こどう》の音だけが耳に響《ひび》いている。

『おやすみ、アルメリア。明日《あした》も最高の日になるよ』

ずっと昔、父は眠《ねむ》る前にアルメリアを抱きしめて髪《かみ》を撫《な》でながら、いつも囁《ささや》いてくれた。

思い出すと、懐《なつ》かしさに胸が詰《つ》まる。

——お父様……。

背中をとん、とんと一定のリズムで叩《たた》かれ、容赦《ようしゃ》なく睡魔《すいま》が襲《おそ》いかかってくる。

「おやすみ」

イーディスが驚《おどろ》くほど優《やさ》しい声で言った、それが合図かのように、アルメリアは再び深い眠りに落ちていった。

忽然《こつぜん》と消えた王子に、王宮は上を下への大騒《おおさわ》ぎとなっていた。

御前《ごぜん》試合は中止され、箝口令《かんこうれい》が敷《し》かれたが、事が事だけに国中に噂《うわさ》が回るのも時間の問題だった。

その翌日、謁見《えっけん》の間には宰相《さいしょう》及《およ》び大臣、枢密院《すうみついん》議長、騎士《きし》団長らが女王の前に呼び立てられていた。

「遅《おそ》い！　今まで何をしていた」

遅《おく》れて入ってきた騎士団長ロックフェルトを、宰相メラニーが叱責《しっせき》する。

「申し訳ございません」

騎士団長ロックフェルトは膝《ひざ》をつき、こうべを垂れて言った。

「このたびの件、全ては騎士団長たるわたくしの不徳の致《いた》すところでございます。どのような処分も受ける所存です」

言葉遣《ことばづか》いこそ丁重《ていちょう》だが、瞳《ひとみ》は鋭《するど》く、刃《やいば》のような佇《たたず》まいである。

女王の口元に豪胆《ごうたん》な笑《え》みが浮《う》かぶ。

「思ってもいないことを軽々しく口にするものではないぞ、ロックフェルトよ」

謁見の間にどよめきが走った。

女王は女官《にょかん》が差し出した銀盆《ぼん》から紙片《しへん》を取り上げて告げる。

「このようなものが届いておる」

読み上げよと命じられ、ロックフェルトは「はっ」と敬礼した。

「親愛なる女王陛下。アレクト殿下《でんか》を凶手《きょうしゅ》からお救い申し上げたのは、我々ゴッドアイにございます。殿下の身柄《みがら》は丁重にお預かりしております。つきましては、殿下を無事にお返し申し上げる対価として、魔導結界《アルス・マグナ》を解き、他国との交易を許可して頂きたく存じます。なお、三日後の日の出までに返答なき場合は、殿下の御身《おんみ》の安全は保証しかねることをここに付記致します。ゴッドアイ総領、イーディス・クラウン」

朗読の中盤頃《ちゅうばんごろ》から、どよめきはいっそう大きくなり、最後にイーディス・クラウンの名が読み上げられると、王宮を揺《ゆ》るがすほどになった。

「ガリア商会め……とうとう牙《きば》を剝《む》いてきおったか」

大臣の一人が苦々しい顔つきで吐《は》き捨てた。

これまでガリア商会とゴッドアイは、表向きは別の組織であり、繫《つな》がりはないとされていた。ガリア商会は商品や商人を保護する名目で用心棒を雇《やと》い、ゴッドアイはその依頼《いらい》相手という立ち位置だった。

しかし、今回の件でガリア商会会長であるイーディスは、みずからゴッドアイの総領だと名乗っている。これはつまり、ゴッドアイがガリア商会に所属する私兵だと認めたということだ。

「書状に書いていることが本当であれば、これは大変な事態ですぞ。ゴッドアイの武装構成員はアスケラだけでなく、全国各地に散らばっています。総数は定《さだ》かではありませんが、王国騎士団《アストラルナイツ》に匹敵《ひってき》する勢力であることは間違《まちが》いありません。彼らが一斉蜂起《いっせいほうき》すれば、殿下の御身だけではなく、国家を揺るがす大反乱になりかねませんぞ」

財務大臣エルゴ・ハミルトンが青ざめた顔で言った。

「それだけではありません。ガリア商会は、今やこの国の経済と流通を牛耳《ぎゅうじ》る要《かなめ》です。その気になれば、国内全ての物資の供給を停止することも可能でしょう。我々はアレクト殿下だけでなく、全国民の安全と生活を人質《ひとじち》に取られているも同然なのです」

「女王陛下」

宰相メラニーが口火を切った。

「これは罠《わな》にございます。ゴッドアイといえば極悪《ごくあく》非道の犯罪集団、奴《やつ》らがアレクト様を無事に保護しているとは思えません。おそれながら、殿下は既《すで》に亡《な》くなっておられる可能性が高いかと。このような卑劣《ひれつ》な交渉《こうしょう》に応じて国を開けば、敵がなだれ込み、数に劣《おと》る我が国は滅亡《めつぼう》することになるでしょう。一時の感傷に流され結界を解けば、悲惨《ひさん》な末路が待ち受けております。お苦しい決断でしょうが、要求を呑《の》んではなりません」

屈強《くっきょう》な肉体、優《すぐ》れた知謀《ちぼう》、他を圧する覇気《はき》。双肩《そうけん》に国を担《にな》う者の発言に、周囲が静まり返る。

メラニーは幾多《いくた》の光り輝《かがや》く勲章《くんしょう》をつけた胸に手を当て、堂々と述べた。

「おそれ多くも王子を誘拐《ゆうかい》し、女王陛下に無礼極《きわ》まりない要求を突《つ》きつけるなど、万死《ばんし》に値《あたい》する行為《こうい》。このような大罪人は、わたくしが必ずや捜《さが》し出して根絶やしにしてみせます」

「おお……何と心強い」

「メラニー様のおっしゃるとおりだ。ゴッドアイをこのまま野放しにしておいてはならん」

熱意と重量のある発言に飲み込まれ、雰囲気《ふんいき》は一気にゴッドアイ討伐《とうばつ》へと染まっていく。

女王は肘《ひじ》かけに肘を置いて話を聞いていたが、黄金に孔雀《くじゃく》の羽根をあしらった扇《おうぎ》を閉じて言った。

「確かに、王子に危害を加えし者は逆賊《ぎゃくぞく》。どのような手を使ってでも引きずり出すのが、そなたら家臣の使命だ。だがな、メラニー。私は話のすり替《か》えを認めた覚えはないぞ」

メラニーが小石につまずいたような顔をする。

女王は閉じた扇で彼を指し示した。

「こうして犯行声明を出し、我々に要求を突きつけた以上、ゴッドアイなる組織がアレクトを攫《さら》ったのは事実であろう。しかし、御前試合で王子に弓を射かけた者が彼らであるという証拠《しょうこ》はどこにもない。むしろ、下手人《げしゅにん》は別にいると考えるのが自然であろう。誘拐が目的であれば、人質を殺しては意味がなくなるからな」

場の空気に飲まれていた者たちが、ようやく我に返る。

「述べるべきは事実のみよ。アレクトは弓で射られた。誘拐した者はみずから名乗り出た。ならばゴッドアイよりも先に捜し出して血祭りに上げるべきは、王子を射た者ではないのか」

「しかし、それもゴッドアイの差し金とも限りません。最初から誘拐が目的ではなく、殺すつもりだったとも考えられます。まずゴッドアイの連中を捕縛《ほばく》し、その上で襲撃者《しゅうげきしゃ》を吐かせるのがよろしいかと愚考《ぐこう》いたします」

女王は冷たい瞳でメラニーを見下ろす。

耳に痛い沈黙《ちんもく》が謁見の間に静電気を走らせた。

「獅子《しし》身中の虫か……」

ビルキスは押し殺した声で呟《つぶや》いた。

「そなたのおかげで、よく分かった。外の虎《とら》より内に潜《ひそ》む毒蛇《どくへび》のほうがよほど厄介《やっかい》だとな」

「はて、何のことでございましょうか」

白々しい顔で応じるメラニーに、女王は怒《いか》りに似た微笑《びしょう》を浮かべる。

「忘れてはおらぬか。そなたにルシオラ姫《ひめ》暗殺の首謀者《しゅぼうしゃ》を見つけ出し、捕縛せよとの命を与《あた》えていることを。だがそなたは犯人を捕《と》らえるどころか、いまだ手がかりの一つも挙げられぬ。そのような無能を、ゴッドアイ討伐に任じるつもりはない」

「返す言葉もございません」

メラニーは慇懃《いんぎん》無礼に応じ、一歩下がる。

「ロックフェルト騎士団長」

「はっ」

「王国騎士団《アストラルナイツ》に命を与える。精鋭《せいえい》部隊を率いてゴッドアイ総領イーディスのもとに向かい、王子を無事に王宮へ連れ戻《もど》せ」

「おそれながら陛下、交渉はいかがなさいますか」

「要求を呑む」

その場にいた全員の顔色が変わった。

「ほっほ。姫様も剛毅《ごうき》なことをなさいますな」

真っ先に声を上げたのは枢密院議長ジョルジュ・トリアーデ、豊かな白髭《ひげ》を蓄《たくわ》えた老人である。

「陛下！　何ということをおっしゃるのです。冗談《じょうだん》ではすまされませんぞ」

いきり立つメラニーを無視し、女王は平然と言った。

「ただし、王子の身の安全が確保されてからだ。先に人質を解放することが絶対条件。ゴッドアイが応じぬようであれば交渉決裂《けつれつ》とみなし、武力を用いてアレクトを奪回《だっかい》せよ」

「御意《ぎょい》」

ロックフェルトは敬礼する。

「ビルキス様！」

「そなたの発言を許可した覚えはない。下がれ」

なおも食い下がるメラニーに、女王は威厳《いげん》をみなぎらせて言い放った。

「おそれながら陛下、わたくしからも申し上げます。国を開くと一言でおっしゃいましたが、この国が二百年もの間、他国の侵略《しんりゃく》を受けずにまいりましたのは、ほかならぬ魔導結界《アルス・マグナ》の加護によるものでございます。国を開けば、我々魔導師《まどうし》は再び利用され、戦乱に巻き込まれるやもしれません。陛下にローランシアを滅《ほろ》ぼす覚悟《かくご》はおありですか」

発言したのは枢密院《すうみついん》議長だった。穏《おだ》やかな口調ではあったが、先ほどとは打って変わって、厳粛《げんしゅく》な面持《おもも》ちをしている。

「私は被害《ひがい》の少ないほうを取ったまでだ。要求を拒《こば》めばアレクトは死に、ゴッドアイは王宮に攻《せ》め入り、私を殺して力ずくで魔導結界《アルス・マグナ》を解除するだろう。奴らは本気だ。要求を呑もうと呑むまいと、開国という結果は変わるまい」

女王は不敵な面持ちで断言した。

「先ほど財務大臣が申したとおりよ。今、我がローランシアは重大な危機に陥《おちい》っているのだ。反乱が起こり、物資の流通が止まれば、多くの国民が巻き添《ぞ》えを食う。王として、私は私の大切な民《たみ》を守らねばならない。そのためなら、どのような道も選ぶ覚悟はできている」

女王の言葉に、謁見《えっけん》の間は水を打ったように静まり返った。

「決行は今夜零時《れいじ》。騎士《きし》団長はすみやかに制圧部隊を組織し、作戦を遂行《すいこう》せよ。防衛大臣と国務大臣は魔導結界《アルス・マグナ》解除の準備を進めよ」

ロックフェルトや大臣だけでなく、その場にいた全員が打ち揃《そろ》って膝《ひざ》を折り、女王に敬礼した。

「かしこまりましてございます」

部屋に入ってきたティルザに、アルメリアは無我夢中で飛びついた。声もなく、ただひたすら抱《だ》きしめる。

その肩《かた》や腕《うで》が小刻みに震《ふる》えていることに気づいて、ティルザは目を細めた。

「お帰り、姉さん」

「……ただいま」

割って入ったのは、不自然に大きな拍手《はくしゅ》だった。

「いやー、よかったよかった。久しぶりの再会おめでとう」

イーディスがしゃらっとした笑顔《えがお》で言う。

アルメリアはティルザの手を引くと、口早に言った。

「任務は成功したんだから、ここからは私たちの好きにさせてもらうわよ。行きましょう、ティルザ」

だが、彼は立ち止まって首を振《ふ》る。

「……ティルザ？」

アルメリアの顔に不安の色がよぎる。

「姉さん、よく聞いて。僕らはここに留《とど》まろう」

「どうして」

言いかけたアルメリアはイーディスを指さした。

「この人に脅《おど》されたの？」

「おいおい、人聞き悪いこと言うなよ」

イーディスは苦笑《くしょう》気味に言った。

「俺がそんなことするわけないだろ。な？　弟君」

「あなたは黙《だま》ってて」

アルメリアはイーディスを睨《にら》みつけた。

二人の様子を見つめる、ティルザの目が鋭《するど》く細められる。

「招魂《しょうこん》の《まじない》のこと、この人に話したんだよね」

アルメリアはぎくりと肩を跳《は》ね上げた。

「……ごめんなさい」

「いいんだ。でも、こうなってしまった以上、イーディスさんは姉さんを手放さないよ」

と言うと、ティルザはイーディスのほうを向いて問いかける。

「そうでしょう？」

「ああ、そのとおりだ」

イーディスはあっさり認めた。

「お前らの身柄《みがら》はゴッドアイで預からせてもらう。ただし、雇用主《こよう》と使用人の関係じゃない。これからは客分として扱《あつか》うつもりだ」

「悪い冗談ね」

アルメリアは言ったが、二人とも笑わなかった。

「どうして？　あなた言ったじゃない。招魂の《まじない》を利用するつもりはないって。あれは嘘《うそ》だったの？」

「嘘じゃない。約束は守る。が、それとこれとは話が別だ」

と、イーディスは腕組《うでぐ》みをして言い放つ。

「じゃあ何よ。もう任務も終わったっていうのに、私たちに何の用があるの」

言いながら、アルメリアはふと思い出していた。

――前に言ってた、後々の対策ってこれのこと？

イーディスは黙ったまま答えない。アルメリアは思わずティルザにすがるような目を向けた。

「今までだって、どんな奴《やつ》からも逃《に》げ延《の》びてきたじゃない。大丈夫《だいじょうぶ》、ティルザのことは私が絶対に守るから。だから行きましょう」

「無理だよ。ゴッドアイはこれまでの相手とは格が違《ちが》う。仮に今逃げたところで、明日《あした》の朝には捕《つか》まってる」

「そ。逃げても無駄《むだ》なら、大人しく協力したほうがいい。弟君は賢《かしこ》いな」

ティルザの頭に手を置くイーディスを、アルメリアは振り払《はら》った。

「ティルザに触《さわ》らないで」

「おー、怖《こわ》い怖い」

にやにや笑うイーディスに、むかっ腹が立つ。

「こうなることは初めから分かってたんだ。……五年前のあの日から」

五年前という単語に、アルメリアの顔が引きつる。ティルザからその話題を口にしたことは、今まで一度もなかったのに。

「アレクト殿下《でんか》のお立場がそうであるように、姉さんの《まじない》の力も、誰《だれ》もが欲しがり、利用しようとするものだ。だからこそ、守りきれるだけの力が必要なんだよ」

その言葉に、アルメリアは電流が走るようにして理解した。

クラウン家に潜入《せんにゅう》する話を持ってきたのはティルザだ。そのときからティルザは、こうなることを見越《みこ》していたに違いない。

このまま二人きりで逃げ延びられる可能性は低い。ジャスティス暗殺を企《くわだ》てた者は口封《くちふう》じのために二人の命を狙《ねら》うし、アルメリアの能力が露見《ろけん》すれば、その力を欲《ほっ》するあらゆる人間に付け狙われることになるだろう。そうなる前に、隠《かく》れ蓑《みの》になる存在をティルザは探していたのだ。

ただし、真っ向から「助けてください」とお願いしても、ゴッドアイが相手にしてくれるはずがない。だからこそ、あえて潜入し、王子誘拐《ゆうかい》の任務を達成して、イーディスに実力を示す機会を作ったのだ。

そしてイーディスは二人の力を認め、組織に置くことを決めた。ただ、使用人ではなく客分という言い方が気にかかるが——。

「僕はこれから、イーディスさんに五年前の事件について話す」

弟の言葉に、アルメリアは弾《はじ》かれたように顔を上げた。

「どうせゴッドアイに身を置くなら、全部話しておいたほうがいいと思う」

「ティルザ」

「その代わり、イーディスさんも五年前の事件について、ゴッドアイがどう関《かか》わっていたのか教えてくれる。そういう約束でしたね」

ティルザはアルメリアのほうは見ず、イーディスに向かって言った。

「ああ」

イーディスは短く応じると、椅子《いす》の背もたれを前にして逆向きに座った。瞳《ひとみ》に興味の光を宿している。

「待って」

話しかけたティルザを遮《さえぎ》り、アルメリアは手を突《つ》き出した。

「分かった。私が話す。だから……」

ごくりと硬《かた》い唾《つば》を飲む。

「ティルザは何も言わないで。お願い」

「でも」

抗議《こうぎ》しかけたティルザだが、アルメリアの懇願《こんがん》する眼差《まなざ》しを見ると、溜息《ためいき》交じりに言った。

「……姉さんの好きにしなよ」

――とうとう、このときがやってきた。

イーディスと初めて会ったときから、予感していた。五年前の事件と向き合うべきときが迫《せま》っているのだと。

それは恐《おそ》ろしい、苦しい、辛《つら》い記憶《きおく》だった。心の底に封《ふう》じ込め、思い出すまいとしてきた。

けれど、ティルザの前で、自分だけ逃げ出すわけにはいかない。

アルメリアは大きく息を吸い込んで話し出した。

その日はいつもと何も変わらない、穏《おだ》やかで幸せな一日だった。学校から帰ってきて、みんなで揃《そろ》ってご飯を食べ、温かいベッドに入った。父と母が代わる代わるやってきて、髪《かみ》を撫《な》でてキスしてくれた。ありふれた、ごく普《ふ》通《つう》の一日。

なのに、夜中を過ぎて熟睡《じゅくすい》していると、肩《かた》を揺《ゆ》さぶられて起こされた。

「おかあさま……？」

「もう大丈夫だからね……。アルメリア」

怖かったね、と優《やさ》しく頭を撫でられる。アルメリアは自分の体を見下ろした。

お腹《なか》にべったりとついた血。しかし、不思議と傷はふさがりかけている。

痛くはない。それにこの血は、自分のものだけではない。母も口と腹から血を流し、這《は》うようにして床《ゆか》に横たわっていた。

焦《こ》げ臭《くさ》い臭《にお》いがする。それに、何かが燃えている音も。室内には黒い煙《けむり》が充満《じゅうまん》している。

アルメリアは途方《とほう》に暮れて泣き出した。何も分からなかった、ただ恐ろしいことが起こったということ以外は。

「ティルザと一緒《いっしょ》に逃げろ」

アルメリアの頭の上に手のひらをかざし、《まじない》で別人に姿を変えると、父ジャスティスが静かに言った。父もまた、全身が血まみれだった。

もう母は動かない。ありったけの力を使い果たし、白い顔で横たわっている。

なぜか荒《あ》らされている室内、割れた窓、倒《たお》れている両親。おびただしい血の痕《あと》がありながらも、生きている自分。アルメリアは混乱する頭で、何とか情報の断片《だんぺん》を繋ぎ合わせようとした。

けれど、それは恐ろしいことで——あってはならないことで——。

「行け」

ジャスティスは指先で窓を示し、そのまま動かなくなった。

行け——と、それだけを最後に言い残して。

「なんで……」

——なんで？　これはなに？　なにが起こったの。

「ねえさん」

ティルザが泣いている。声はそのままだったが、顔や体は別人の姿に変わっていた。なぜか寝間着《ねまき》ではなく、外出用のきちんとした服を着ている。

アルメリアは呆然《ぼうぜん》としており、それが弟だと分かっても、動くことができなかった。

そのとき、激しい音を立てて何かが崩《くず》れた。熱い。扉《とびら》の向こうから煙が一気に吹《ふ》き込み、吸い込んだ二人の喉《のど》を焼く。燃え広がる炎《ほのお》は、大蛇《だいじゃ》のごとくそこかしこで鎌首《かまくび》をもたげている。

ティルザはアルメリアの手を引くと、無我夢中で走り、窓を突き破って部屋を飛び出した。

その瞬間《しゅんかん》、先ほどよりも数倍大きな音がして、天井《てんじょう》が崩れ落ちた。屋敷《やしき》は炎に飲み込まれ、崩壊《ほうかい》していく。

「おとうさま……おかあさま……っ」

戻《もど》ろうとするアルメリアを、ティルザは全力で押しとどめた。

「だめだよ、もうまにあわない」

「でも、」

「走って」

二人は振《ふ》り向きもせず、一目散に生まれ育った屋敷から逃げ出した。

あてどなく彷徨《さまよ》いながら、ぽつりぽつりと会話を交《か》わした。混乱した頭が静まったころには、ようやく状況《じょうきょう》が見えてきた。これ以上ないほど絶望的な状況が。

眠《ねむ》っている間に屋敷が襲《おそ》われ、アルメリアは腹を刺《さ》されて殺された。両親も瀕死《ひんし》の傷を負ったが、最後の力を振り絞《しぼ》って母はアルメリアを蘇《よみがえ》らせ、父は姿を変える《まじない》で二人を別人に変えた。だから屋敷が燃え落ちる前に逃げ出すことができた。

——どうして？

——どうしておとうさまと、おかあさまは、殺されなければならなかったの？

明るく快活で、たくさん面白《おもしろ》い話をしてくれた父。美しくて優しく、鈴《すず》の鳴るような声で子《こ》守歌《もりうた》を歌ってくれた母。自慢《じまん》の両親だった。

——わたしのせいだ……。

——もっと時間があれば、おとうさまとおかあさまを生き返らせられたのに。

——わたしならできたのに……見殺しにした。

《まじない》の力は使わない。そう約束した。

けれど、その約束を破ってでも、父と母に生きていてほしかった。

昨日まで決してなくならないと思っていたものが、一瞬《いっしゅん》で消えてしまった。住む場所も着る服も食べ物もない。汚《よご》れた手のひら、煤《すす》まみれの顔、これが私たちの全《すべ》て。

拭《ぬぐ》いもせず流れっぱなしになった涙《なみだ》が、地面にぽつりぽつりとしたたり落ちる。

貴族街の門を荷馬車に紛《まぎ》れて通り抜《ぬ》け、ポケットにあったなけなしの金でパンを買い、二人は寂《さび》れた教会に辿《たど》りついた。

「ねえさん、食べなよ。力をつけなきゃ」

ティルザに励《はげ》まされながら、千切ったパンを何度も口元に押し込まれ、アルメリアは嫌々《いやいや》ながら飲み込んだ。

「ごめんね……ごめん、ねえさん」

ティルザはぽろぽろと涙を流し、何度もアルメリアに謝った。その意味が、アルメリアにはよく分からなかった。

「ねえさんのことは、ぜったいにぼくが守るから」

強く抱《だ》きしめられ、アルメリアはただ虚《うつ》ろな目で、されるがままに身を委《ゆだ》ねる。

――死にたい。

このまま死ねたら、どんなに楽だろう。もう何も考えたくない。

――おとうさまと、おかあさまのところに行きたい……。

誰《だれ》かのもとに身を寄せようにも、親戚《しんせき》づき合いが皆無《かいむ》だったせいもあって、それもできない。

二人の逃避行《とうひこう》は簡単に行《ゆ》き詰《づ》まった。

「ねえ、まだ行くの？」

飲まず食わずで五日間、道端《みちばた》で寝起《ねお》きすると、二人は飢《う》えと渇《かわ》きに苦しめられた。

手足は棒切れのよう、髪はべとべと、薄汚《うすよご》れて目ばかり飛び出している。父が最期《さいご》に《まじない》を使って変えてくれた容姿のおかげか、追っ手に見つからずにすんではいるものの、このままでは確実に野垂れ死にだった。

「どこか、住み込みでやとってくれるところを探そう」

「そんなのあるわけない」

「やってみないとわからないよ。あきらめちゃだめだ」

「もういや、つかれた。歩けない」

「ねえさん」

「ほっといてよ！」

アルメリアは当てもなく走り出した。

このまま行けば、路上で物乞《ものご》いをするほか道はない。悪臭《あくしゅう》のする下水をすすり、ごみをかき集めて食べる。雨ざらしの下、満足な衣服もなく寒さに震《ふる》えながら。

生き方はもちろん、死に方さえ選ぶことはできない。

「新聞、新聞だよ」

と、新聞売りの少年が威勢《いせい》のいい声で表通りを歩いていく。

アルメリアは、読み終えた男がくずかごに捨てた新聞を拾い上げて目を瞠《みは》った。

【アストリッド卿伯《けいはく》家焼き討《う》ち事件——意外な結末に】

【真犯人は何とジャスティス・アストリッド本人。一家心中の末、屋敷に火を放ったと見られる】

「そんな……！」

——違《ちが》う。おとうさまがやったんじゃない。

——おとうさまは、わたしたちは、だれかに殺されたのよ！

大声で叫《さけ》びたかった。道行く人に真実を聞いてほしかった。

だが、そんなことをすれば、追っ手に捕《つか》まり殺されてしまう。

絶望に重い足を引きずるアルメリアの目の先に、温かな湯気と香《こう》ばしい匂いが漂《ただよ》った。焼きたてのパンを売る屋台が出ているのだ。

見た途端《とたん》、猛烈《もうれつ》に食べたくてたまらなくなり、気がついたら手を伸《の》ばして白いパンを二つ掴《つか》んでいた。

「泥棒《どろぼう》‼」

店番をしていた子どもに大声を上げられ、心臓が縮み上がった。

アルメリアは無我夢中で走り出す。泥棒、という言葉に心が凍《こお》りついていた。

――わたし、どろぼうなんだ……人のものをとっちゃったんだ……。

盗《ぬす》みたくなんてなかった。ただ生きたかっただけだ。

それだけなのに。

「待て、クソガキが!!!」

屈強《くっきょう》な体をした男が物凄《ものすご》い速さで追いかけてくる。とても逃《に》げ切れない。

――殺される。

冷たい恐怖《きょうふ》が体を突《つ》き抜け、胸が破れるほどの悲鳴が上がった。

「ティルザ、たすけて、ティルザぁぁーっ‼」

転んだアルメリアは泥《どろ》まみれになり、髪《かみ》を掴んで引きずり起こされる。

「ねえさん！」

名を呼ばれたティルザの《まじない》が解けている。アルメリアはとっさに頭をかばったが、蹴《け》りつけられたのは背中だった。

「死ねっ、こそ泥!!」

拳《こぶし》を振り上げた男にティルザは体当たりすると、その指を噛《か》みちぎる勢いで歯を立てた。

「ぐあああああっ!!!」

血が噴《ふ》き出し、男が怯《ひる》んだ隙《すき》に、

「逃げてねえさん！」

アルメリアは膝《ひざ》から血を流し、よろめきながら立ち上がる。

――逃げる？　ティルザをおいて？

駄目だ。それは絶対にできない。そんなことをすれば、取り返しのつかないことになる。

分かっているのに、足がすくんで動かなかった。

気迫《きはく》のこもった目で、もう一度ティルザは叫んだ。

「早く!!!」

――たすけなきゃ。

――ティルザをたすけてあげなきゃ……！

なのに足は勝手に一歩二歩と後ずさり、アルメリアはとうとう弟に背を向けて走り出した。

走れば走るほど加速していき、裏通りを曲がり、一目散に逃げていく。

「このクソガキ!!　殺してやる!!!」

目を血走らせた男の怒号《どごう》と、暴行を受けたティルザのうめき声が聞こえてくる。

アルメリアは目を閉じ、耳をふさぐと、ただひたすら走り続けた。

勇気を振り絞ってようやく戻《もど》ってきたとき、路地裏の片隅《かたすみ》でティルザは死んでいた。

「あ……うっ……あ……」

アルメリアは絶叫《ぜっきょう》した。

「ああああああああああああああああああああああああああああ！！！！」

――いや、死なないで死なないでごめんなさい死んだらだめどうやってわたしはこれからひとりぼっちひとりぼっちいやなんでごめんなさいいやごめんなさいごめんなさいごめんなさい
胸が割れるほど泣き叫ぶ声が響《ひび》き渡《わた》る。それは自分の喉《のど》から出たとは思えないくらい大きく、壊《こわ》れたような声だった。

横たわる弟の亡骸《なきがら》を無我夢中で抱きしめていると、いつしか白く激しい光に包まれた。

気がつけば、ティルザの澄《す》んだ目がこちらを見上げている。

「《まじない》を使ったんだね……ねえさん」

蚊《か》の鳴くような声が言った。

「ティルザ……」

アルメリアの目から熱い涙が流れ落ち、ティルザの頰《ほお》にほろほろとかかる。

「ごめんなさい。ごめんなさいごめんなさいごめんなさいごめんなさいごめんなさいごめんなさいごめんなさい」

「なんで……あやまるの……」

ティルザは弱々しく言う。

「だって……わたしのせいで」

涙《なみだ》が喉に詰《つ》まり、アルメリアは無様にむせ返った。

ティルザはゆっくりと、たどたどしく言葉を紡《つむ》ぐ。

「ねえさん……ぼくのために、パン……とってきてくれたんでしょ？」

アルメリアは息を呑《の》んだ。

あのとき――屋台でパンを盗んだあのとき――自分は、自分のことしか考えなかった。

あれはティルザのためのパンではなく、ただ自分のためのパンだった。

ティルザはいつもアルメリアのことを考え、パンを与《あた》えてくれたのに。

「ねえさんの罪は、ぼくの罪だよ」

顔に青痣《あざ》をつくり、頭にはみみず腫《ば》れができ、手足はまともに動かすこともできず、血を流している。招魂《しょうこん》で命は取り戻せても、このままでは生命力が尽《つ》きて再び死んでしまうだろう。

それだけは嫌《いや》だった。絶対に、何が何でも嫌だった。

ティルザを守りたかったわけではない。裏切った罪悪感に駆《か》られたわけでもない。ティルザが死ねば、自分はひとりぼっちになる。それが何よりも恐《おそ》ろしかった。

アルメリアは涙を拭《ぬぐ》った。

「待ってて。ぜったいにわたしがティルザを守るから。何があっても、どんなことをしても」

そう言って飛び出していき、ありとあらゆる場所から薬や衣服、金貨や食料などをためらいなく盗んできた。——それが始まりだった。

素人《しろうと》の不慣れな手つきで盗みが上手《うま》くいくはずもなく、追いまくられて死にものぐるいで逃げ、どぶの底や腐乱《ふらん》したごみの中に隠《かく》れて追っ手をやり過ごした。

失敗して殺されそうになったことも一度や二度ではない。毎日が命懸《いのちが》けだった。けれど、アルメリアはどんな危機に陥《おちい》っても絶対に弟を呼ばなかった。計画を立てるのはティルザでも、盗みを働くのは全《すべ》て自分。ティルザは別の場所で待機して、落ち合う場所を決めていた。

橋の下や公園など寝《ね》場所を転々とし、町はずれの共同墓地の隣《となり》にある、人の住まない幽霊屋《ゆうれいや》敷《しき》が二人の隠れ家《が》となった。そこには同じような境遇《きょうぐう》の子どもたちが寝起きし、年中見知らぬ顔が出入りしていた。それ以外にもアジトは複数持ち、ティルザの《まじない》で姿を変え、場所を移動することで二人は追っ手を煙《けむ》に巻いた。

——がむしゃらにもがいて、いつしか五年の歳月が過ぎていた。

手際《てぎわ》が良くなり腕《うで》を上げ、実入りのいい富裕《ふゆう》層の邸宅《ていたく》を標的にし始めた頃《ころ》、ティルザがクラウン家の情報を仕入れてきた。

「クラウン家……？」

「ガリア商会を束ねる会長の屋敷で、この国一番の金持ちだよ。そこの金庫には、少なくとも一億ルピの現金があるはずだ」

「成功すれば、しばらくは危ない橋を渡らずにすむってことね」

月明かりの窓辺で、アルメリアは真剣《しんけん》な顔で考え込む。

狭《せま》い首都の中でいかに身を隠そうとも、限界があることは薄々《うすうす》感じていた。首都を離《はな》れることも考えたが、農村や漁村に働き口があるわけでもない。突破口《とっぱこう》を開くには、まとまった金を手にするしかなかった。

「これが終わったらアスケラを出て、ほとぼりがさめるまで田舎《いなか》でのんびりしようよ。ね？」

アルメリアが提案すると、ティルザは目を丸くした。

「やってくれるの？」

「もちろん」

「警備は相当厳しいよ。できる限りのことはするけど、うまく侵入《しんにゅう》できるかどうかは、はっきり言って賭《か》けだ」

「大丈夫《だいじょうぶ》、盗《と》ってみせるわよ。私を信じて、ティルザ」

二度と自分を信じてくれることはないと知りながら、アルメリアは「信じて」と口にする。

あの日の自分の弱さや愚《おろ》かさ、醜《みにく》さを、今でも忘れることができない。

パンを与えてくれたティルザと、そのティルザにパンを与えようともしなかった自分と。

身を挺《てい》して助けてくれたティルザと、そのティルザを見殺しにして逃《に》げた自分と。

――ティルザは私を憎《にく》んでいる。一番助けてほしいときに、見捨てて逃げた私を。

――それでも私は、ティルザのそばにいたい。ひとりぼっちにしないでほしい。

――結局、私はどこまでも自分のことしか考えられない、エゴの塊《かたまり》だ……。

アルメリアが話し終えると、ティルザは言葉を引き継《つ》いだ。

「イーディスさん。これで僕らの話は全部です。次は、あなたとゴッドアイの話をしていただく番です」

口を挟《はさ》まずに話を聞いていたイーディスだったが、応じるように頷《うなず》いた。

「今回の誘拐《ゆうかい》は、メラニー宰相《さいしょう》がゴッドアイに依頼《いらい》したもの。宰相はアレクト殿下《でんか》を誘拐することで女王陛下を脅《おど》し、鎖国《さこく》体制を完全なものにしようとしている。違《ちが》う？」

機先を制してアルメリアは問いかけるが、ティルザは首を振《ふ》った。

イーディスはティルザを見た後、アルメリアを見つめて口を開く。

「残念ながら、その推理は外れだな、お嬢《じょう》さん。アレクト王子誘拐の依頼人は宰相じゃないし、目的も鎖国派の言い分を通すためじゃない。メラニー宰相の考え方ってのは直接的だ。王子を攫《さら》って女王を脅すなんてまどろっこしいことはせず、邪魔者《じゃまもの》はてっとり早く消す」

「つまり……御前《ごぜん》試合でアレクト殿下を殺そうとしたのはメラニー宰相で、誘拐は別の人間が依頼したってこと？」

「そのとおり」

人差し指を立て、イーディスは満足げに微笑《ほほえ》む。

「相変わらず察しがいいな」

後宮でベオと話したとき、意味ありげな様子だったのは、どうやらこのことを指していたようだ。今回の件、ゴッドアイはメラニー宰相の手先として動いていたわけではないらしい。

だが、イーディスの発言は一方で、真実のもう片方の側面を照らし出していた。

「なら、五年前の事件は？　ゴッドアイはメラニーの資金援助《えんじょ》を受けていたのよね。そのメラニーから依頼を受けて、お父様を暗殺したんじゃないの」

思わず口に出してしまってから、アルメリアは問いかけたことを後悔《こうかい》した。

真実と向き合う。そう決意したはずなのに、いざ目の前にある箱を開くのは怖《こわ》い。

だが、もう取り返しはつかない。イーディスは目を細めて言う。

「確かに、鎖国派のメラニー宰相は五年前、開国派として台頭したジャスティス・アストリッドの抹殺《まっさつ》をゴッドアイに依頼した。それは事実だ」

アルメリアの顔から血の気が引いた。

「姉さん」

卒倒《そっとう》しそうになったところをティルザが支える。アルメリアは何とか平静を保とうとしたが、唇《くちびる》がわななくのは止められなかった。

――やっぱりそうなんだ……。

開国派と鎖国派、王宮内での地位、噂話《うわさばなし》。断片《だんぺん》的な情報を結び合わせれば、五年前の事件に宰相が関《かか》わっていたことは明白だ。そして、その裏にはゴッドアイがいる。

ゴッドアイはメラニーから依頼を受け、開国派のジャスティス・アストリッドと妻セシリア

を暗殺した。イーディスはその総領だ。

——そんな相手に、お父様の面影《おもかげ》を重ねていたなんて。

イーディスは約束を守って報酬《ほうしゅう》を払《はら》い、ティルザを無事に返してくれた。そして、招魂の《まじない》の話を聞いても態度を変えず、逆にアルメリアの体を気遣《きづか》ってくれた。

信じてみたい。そう思い始めていた。信じるに値《あたい》する人間ではないかと。

——何て馬鹿《ばか》だったんだろう……。

アルメリアは両手で顔を覆《おお》う。涙なんて、もう一滴《いってき》も出ないと思っていたのに。

「姉さん……」

ティルザが何か言いかけたところで、ドアがノックされた。

「イーディス様。アレクト殿下がお呼びです」

ベオの声にイーディスは立ち上がり、足早に部屋を出ていく。

「待ってください」

ティルザは険しい顔で呼びとめたが、アルメリアはその袖《そで》を引いて絞《しぼ》り出すように言った。

「やめて」

「でも」

「いいの……もういいの」

燃え盛る屋敷の呪《のろ》いのような熱さと、黒い煙と、横たわる両親の死体が脳裏《のうり》に蘇《よみがえ》る。

あんな惨《むご》いことをした親の仇《かたき》を信じるなんて、できるはずもない。

アルメリアは自分に言い聞かせるように呟《つぶや》いた。

「あいつは……私たちの敵よ」

そう割り切ってしまえば、心は楽になる。

ティルザ以外、誰《だれ》も信じない。いつまでも二人きりでいる。やはりそれが最も安全な道だ。傷つくことも、苦しみ絶望することもない。

けれど、その道の果てには、絶望よりもなお暗い虚無《きょむ》が待っている。

アルメリアには、もう、そのことがよく分かっていた。


「なぜ、あんな言い方をなさったのですか」

廊下《ろうか》を歩くイーディスは、肩越《かたご》しにベオを振り向いた。窓辺から月の淡《あわ》い光が差し込み、端《たん》整《せい》な横顔を縁《ふち》どっている。

ベオは不可解な表情で言った。

「俺にはイーディス様のお考えが分かりません。あえてあの二人の恨《うら》みを買うおつもりですか」

ベオは知らず知らずのうちに、剣《けん》の柄《つか》を握《にぎ》っていた。鞘鳴《さやな》りがする。腰《こし》に帯びた剣が、あの姉弟《きょうだい》を殺しておけと騒《さわ》いでいるのだ。

「盗《ぬす》み聞きはよくないな」

と、イーディスはのんびりした口調でたしなめる。

ベオは片膝《かたひざ》をつき、「おそれながら」と前置きすると言った。

「確かにアストリッド家抹殺が依頼されたのは事実です。ですが、イーディス様は最後まで反対されていたはずです。それに実際手を下したのは、」

「いいんだよ」

イーディスは遮《さえぎ》った。

「俺たちが宰相から資金援助を受けていたのは事実だ。見返りに何人も殺してきたのもな」

「引き受けたくなかったはずだ。先代もあなたも」

ベオの語調が荒《あら》くなった。

「アルメリアはゴッドアイを仇だと思ってる。野放しにしておけば、いずれ必ず俺たちに牙《きば》を剝《む》くでしょう」

「だろうな」

イーディスは率直《そっちょく》に頷く。

「逆に言えば、復讐《ふくしゅう》を果たすという目的があるからこそ留《とど》まり、協力するのさ。……あいつらは俺たちの船に乗るだろう」

ベオの顔色が変わった。

「まさか、乗せる気ですか」

イーディスがにっこり笑う。

ベオは呆《あき》れた顔で言った。

「あんな子ども、足手まといになるだけですよ」

「そうか？」

「イーディス様はあの姉弟を過大評価しすぎです。アレクト王子のこともそうです。あの二人に護衛させるなんて……逃げられでもしたらどうするんですか」

「大丈夫《だいじょうぶ》大丈夫。まあ見てなって」

イーディスは軽い調子で請《う》け合うと、声を改めて言った。

「それよりベオ、殿下が撃《う》たれた場面の件だが」

「はい」

先ほどとは別人のように鋭《するど》い瞳《ひとみ》でイーディスは問う。

「図面を見たが、特別観覧席を弓で狙《ねら》うには相当な技量が要《い》るだろ。いくつか狙撃《そげき》可能地点はあるが、どこも足場は不安定な上、対象からかなり距離《きょり》がある。よほど腕《うで》が立つ奴《やつ》でないと狙撃どころか、矢を届かせることさえ不可能だ」

心当たりはあるかと問われ、ベオは眉間《みけん》に皺《しわ》を寄せた。

「候補は何名かいます。確証はありませんが……」

「襲撃《しゅうげき》を騎士《きし》団長の試合直後にしたのも、わざとだろうな。さすがのロックフェルトも、矢が撃たれてから走ったんじゃ間に合わないだろうよ」

「そのことなのですが」

ベオはイーディスを窺《うかが》いながら言った。

「御前《ごぜん》試合で妙《みよう》なものを見ました。レリスタット家のアルヴィスです」

「ああ、宰相《さいしよう》の息子《むすこ》か。そいつがどうした？　腕が立つのか」

「いえ、剣術《けんじゆつ》はお話にならないレベルです。ただ、御前試合中に《まじない》を使おうとしたのですが、それがどうも……」

ベオが口ごもっていると、

「イーディス様！」

血相を変えたゴッドアイのメンバーが駆《か》け寄ってきた。

「どうした」

その少年は青ざめて震《ふる》えながら窓の外を指さし、

「王国騎士団《アストラルナイツ》が……王国騎士団《アストラルナイツ》が、屋敷《やしき》の周囲を取り囲んでいます!!」

VI 襲撃

深夜、王国騎士団《アストラルナイツ》牡羊隊《アリエス》を率いたロックフェルト騎士団長は、クラウン家の屋敷へと向かっていた。

「くっそぉーっ信じられんぞ！　何という卑劣《ひれつ》な連中だ！　女王陛下から認可《にんか》を受けた唯一《ゆいいつ》の商会でありながら、その利益と立場を利用して国に反旗を翻《ひるがえ》すとは！　まさに外道《げどう》、男の風上にも置けん奴らだ‼」

激しく息巻いているアルヴィスを、隣《となり》にいるピラトが宥《なだ》めた。

「まあ落ちつけよ。あまり大声を上げるな、敵に感づかれる」

そうはいっても、百名からなる小隊が騎馬《きば》に乗って行軍しているのだ、目立って当然だった。

異変を感じ取った民衆は、屋内で息を潜《ひそ》めつつも、あちこちの窓から様子を窺っている。

「必ず！　必ずや僕がアレクト殿下《でんか》をお助けし、この手で敵の大将をひっ捕《と》らえてみせる！　陛下への忠義を果たすべきときは今‼」

「お前さ……どっからその自信が湧《わ》いてくるのか、心底疑問なんだけど」

やる気満々の友人を横目で見やり、溜息《ためいき》交じりにピラトは水を差した。

「つーか御前試合、十秒で団長に負けたんだろ。コテンパンに」

「ああ。でも少なくとも僕は、気持ちの上では負けてない。次やったら勝つ気でいるぞ！」

――駄目《だめ》だこいつ。

前からまともではないと思っていたが、ますます勘違《かんちが》いに磨《みが》きのかかったアルヴィスに、ピラトは肩《かた》を落とす。

「ところでピラト、腹の調子はもういいのか？」

「ああ。どうも朝飯に何か混ぜられていたみたいだ」

「卑怯《ひきょう》な奴め！　この僕が成敗してやる」

「いや、お陰《かげ》で俺は命拾いしたと思ってるよ。団長と当たらずにすんだしな。それにアレクト殿下が狙撃されたとき、お前だって危なかったんだろ？」

ピラトに問われ、アルヴィスは首を振《ふ》った。

「あれしきの矢で、僕の勇気を挫《くじ》くことなどできはしない。だが、団長がかばってくださらなかったら、僕も無傷ではすまなかっただろう」

「それなんだよ。どうもあの試合、仕組まれていたような感じが――」

ピラトが言いかけたところで、先輩騎士《せんぱいきし》から叱声《しっせい》が飛んできた。

「うるさいぞ！　お前ら」

「はっ。申し訳ありません」

二人は即座《そくざ》に姿勢を正し、敬礼で応じる。

先輩騎士は鞭《むち》で進路を指し示すと、険しい表情で言った。

「作戦開始まであと数分だ。気を緩《ゆる》めるな」

しばらくすると、堅牢《けんろう》な鉄柵《てっさく》と高い塀《へい》の巡《めぐ》らされた、クラウン家の屋敷が見えてきた。

瀟洒《しょうしゃ》な館《やかた》と東西に二つの塔《とう》、優雅《ゆうが》な庭園、小川のせせらぎ。壮麗《そうれい》な邸宅《ていたく》には、一見したところ悪事や犯罪の影《かげ》はない。

「お待ちしておりました。王国騎士団《アストラルナイツ》の皆様《みなさま》」

踏《ふ》み入った彼らを慇懃《いんぎん》に出迎《でむか》えたのは、フードを目深《まぶか》にかぶった黒装束《しょうぞく》の男だった。その背後に、同じ格好の武装構成員たちが百名近く控《ひか》えている。

思った以上の人数に、アルヴィスはぎょっとした。

「アレクト殿下の御身《おんみ》を引き渡《わた》してもらおう。素直《すなお》に降伏《こうふく》するなら、楽な死に方を選ばせてやる」

ロックフェルトは剣を抜《ぬ》くと、切っ先を突《つ》きつけて低く言った。

「我々の要求は受け入れていただけないということでしょうか」

「端《はな》から交渉《こうしょう》の余地などない。要求を呑《の》んだところで、貴様ら国賊《こくぞく》が無事に殿下を解放する保証がどこにある」

「話が違《ちが》いますね」

男の脇《わき》で控えるベオが小声で呟《つぶや》く。

「殿下の解放を条件に、開国を呑むはずでは」

だが、男は手でその言葉をいなし、不敵な調子で言った。

「随分《ずいぶん》な言い草ですね。争いは我々の望むところではありません。殿下の御為《おんため》を思うなら、敵対は賢明《けんめい》ではないと思いますが」

「最終通告だ。今すぐアレクト様の身柄《みがら》を引き渡せ。五秒後に武力行使に移る」

「……仕方ありませんねえ」

どこか愉快《ゆかい》そうな声がしたかと思うと、彼はフードに手をかける。

それとほぼ同時に突撃《とつげき》の号令がなされ、全隊がゴッドアイへ向けて突っ込んでゆく。戦いの火蓋《ひぶた》が切って落とされた。

が、その瞬間《しゅんかん》、衝撃《しょうげき》が走った。

「なっ……」

振り上げた剣《けん》が止まり、騎士たちの顔と動きが硬直《こうちょく》する。

「な……な……な……何だとおおおお!?」

素《す》っ頓狂《とんきょう》な声を上げたのはアルヴィスだった。

「アレクト様が……いっぱい……」

黒装束の中にいたのは、全員がアレクト王子その人だった。背丈《せたけ》や顔はもちろん、服装まで本人そのものの出《い》で立ちである。

普段《ふだん》から公《おおやけ》の場に出ないアレクトだが、騎士たちの多くは後宮の警護でその顔を知っていた。

だからこそ、寸分違《すんぶんたが》わぬ主《あるじ》の姿に仰天《ぎょうてん》する。

「さあ、我らを王宮へ連れて参れ。ロックフェルトよ」

腕組《うでぐ》みをし、アレクトの姿をしたイーディスが傲然《ごうぜん》と笑う。

「……《まじない》か」

動転する騎士たちの中で、ロックフェルトだけが唯一落ちつきを失わずに呟いた。

「頭《ず》が高いぞ、無礼者が。私を誰《だれ》と心得る。女王陛下が長子、ローランシア王国第一王位継承《けいしょう》者《しゃ》アレクト・レム・ローランシアなるぞ」

騎士たちは不安と迷いで刃《やいば》が鈍《にぶ》っていた。

ここにいる者の全《すべ》てが偽者《にせもの》であることは分かっている。きっとアレクト王子は、どこか別の場所に隠《かく》されているのだろう。けれど、もし万が一、本物が紛《まぎ》れていたら？　斬《き》り捨てた相手が殿下だったら？　可能性がゼロではない以上、そう簡単に攻撃《こうげき》を仕掛《しか》けることはできない。

王子に刃を向けることは、すなわち国家への反逆を意味するのだから。

かといって、この自称《じしょう》王子たちを王宮に向かわせるなど論外。アレクトの顔をした危険分子が大量に王宮に入れば、混乱に乗じて何をされるか分かったものではない。

「団長。ご指示を」

戸惑《とまど》う騎士たちが、判断を仰《あお》ごうとロックフェルトに迫《せま》る。

ロックフェルトは剣を横に倒《たお》して掲《かか》げると、こう言った。

「下がっていろ。私一人でけりをつける」

鋭《するど》い針のような殺気に、全員が無意識に後ずさる。

ロックフェルトが剣を一振《ひとふ》りすると、水晶《すいしょう》の粒《つぶ》のような薄氷《はくひょう》が散った。

「おい、下がれ」

ピラトに肩を摑《つか》んで無理やり引きずられ、アルヴィスは抵抗《ていこう》した。

「僕も団長に加勢するぞ！　うおおおーっ‼」

剣を握《にぎ》りしめて力を入れるが、変化といえばそよ風が吹《ふ》き抜ける程度である。

「馬鹿《ばか》、死にたいのか！」

頭を殴《なぐ》られ、強制的に引き離《はな》されなければ、アルヴィスは顔に凍傷《とうしょう》を負っていただろう。地面から白く凍《こお》った、痺《しび》れるような冷気が溢《あふ》れる。草花には霜《しも》、睫毛《まつげ》には氷柱《つらら》、手足はしもやけ、体感温度は数秒で氷点下まで冷え込んだ。

「よく見とけ。これがロックフェルト団長の能力──『氷の羽《ブルマ・スティーリア》』だ」

ピラトの声がすると同時に、ロックフェルトが冷気の中心で手をかざした。

すると、美しい透明《とうめい》な羽根がひらひらと天から舞《ま》い落ちる。その羽根に触《ふ》れた途端《とたん》、みるみるうちに武装構成員たちの体を氷のヴェールが包み始めた。

「うわあああああっ」

「痛《いて》えーっ‼」

凄《すさ》まじい勢いで氷は体表の全てを覆《おお》っていく。武装構成員は悲鳴を上げ、体を揺《ゆ》すって氷を振り払《はら》い、凍結《とうけつ》から逃《のが》れようとするが、恐《おそ》ろしい速さで氷漬《こおりづ》けにされていく。

まるで線を引いたような明確さでゴッドアイ側のみが白銀の氷原と化し、冷気の中心にいるロックフェルトは、寒さなど微塵《みじん》も感じぬ様子で標的を見据《みす》えていた。

「鬼《おに》だ……」

恐怖《きょうふ》の呟きは敵方からではなく、味方の騎士《きし》から洩《も》れた。

──何て威力《いりょく》だ。これが、団長の能力……。

アルヴィスは震撼《しんかん》していた。

今のロックフェルトは、青い氷と白い霜を羽のようにまとった、まさに冷酷無慈悲《れいこくむじひ》な死の使いだった。

「お怪我《けが》は」

ゴッドアイ側では、ベオが霜を払いのけながら冷静沈着《ちんちゃく》に尋《たず》ねる。

「問題ねえよ」

イーディスは右手を上げる。

そして言った。

「お前ら下がってな」

すると炸裂《さくれつ》するような音が響《ひび》いて、彼らの自由を奪《うば》っていた氷の塊《かたまり》がこなごなに砕《くだ》け散った。

「なっ……!!」

アルヴィスだけでなく、これにはピラトも他《ほか》の騎士たちも顔色を変える。

氷の牢獄《ろうごく》に捕《と》らえられることは、すなわち死を意味する。ひとたび閉じ込められれば、そこから逃れられる者などいないはずだった。

ところが、イーディスは平然とした顔で氷壁《ひょうへき》を破ると、手のひらを空にかざす。

そこから巻き起こった風は見る間に竜巻《たつまき》へと成長し、氷は透明な粒となって弾《はじ》け飛ぶ。そして霰《あられ》と雹《ひょう》を含《ふく》んだ凶暴《きょうぼう》な嵐《あらし》は真っすぐに突き進むと、騎士たちを空高く舞い上げて蹴散《けち》らした。叫《さけ》び声が夜空の彼方《かなた》に吸い込まれてゆく。

「退《ひ》け！」

ロックフェルトの号令がなされた頃《ころ》には、ほぼ半数が突風《とっぷう》に吹き飛ばされていた。つう、とカマイタチに切り裂《さ》かれた頬《ほお》から血が流れ落ちる。

「嘘《うそ》だ……」

傷の痛みと失血にすら気づかず、アルヴィスは呆然《ぼうぜん》と呟いた。端麗《たんれい》な顔立ちから血の気が引いてゆく。

「まさか……あり得ない。これは……この風は……!!」

《まじない》の発動の速さと禍々《まがまが》しいほどの威力は、圧倒《あっとう》的な才能を物語っていた。

誰の声も耳に入らず、何も目に入らず、アルヴィスはその男——黄金《こがね》色の竜巻の中心で笑う男に向かって、無意識のうちに呼びかけていた。

「この風の《まじない》を使えるのは、我がレリスタット家の男児のみ。貴様は一体……」

「イーディス・クラウン」

彼が名乗ると、硝子《ガラス》の割れるような音と共に風貌《ふうぼう》が変化を遂《と》げる。闇《やみ》をあざむく漆黒《しっこく》の髪《かみ》、鮮血《せんけつ》のような緋色《ひいろ》の瞳《ひとみ》。

「お父上に伝えな、アルヴィス坊《ぼ》っちゃん。ローランシアを開国しろと」

その不遜《ふそん》な声が聞こえるや否《いな》や、アルヴィスは遥《はる》か後方へと吹き飛ばされていた。

遠ざかりゆく意識の中、かろうじて思ったのは二つ。

不甲斐《ふがい》ない自分への怒《いか》りと、アレクト王子は無事だろうかという心配だった。


その頃、アルメリアとティルザは、東の塔《とう》の隠し部屋にいた。

最初に忍《しの》び込んだときと同じ場所を通り、手のひらで魔法陣《まほうじん》を起動させて宝物庫よりもさらに奥まで進む。

イーディスは「ここに隠れてろ。俺が合図するまで絶対ドアを開けるなよ」と指示すると、すぐさまその場を去った。三人は決して居心地《いごこち》がいいとは言えない狭《せま》い部屋で、沈黙《ちんもく》の中に取り残された。

今さら許してもらおうとは思わなかったが、アルメリアはアレクトに頭を下げる。

「このようなことに巻き込んでしまって……申し訳ありません」

すると、アレクトは小さく微笑《ほほえ》んで首を振《ふ》った。ティルザが紙を差し出すと、暗闇《くらやみ》の中でたどたどしく文字を紡《つむ》ぐ。

『ティルザから聞いた。そなたは弟を守るため、たった一人で戦っていたのだな』

アルメリアは驚《おどろ》いてティルザを見やる。

「アレクト様がお目覚めになってから、身の回りのお世話をさせてもらってたんだ。それで、お話をする機会があったんだよ」

と、ティルザは頷《うなず》いて言った。

『そなたには感謝している、アルメリア。私を救ってくれてありがとう』

手の甲《こう》に手を重ねられ、アルメリアは戸惑った。

『分かっていた。どんなに似ていても、そなたがルシオラではないことは。それでも、そなたが来てくれて、私の世界は変わった。そばにいてくれて嬉《うれ》しかった。攫《さら》いに来てくれたと聞いて、外に出てみたいと、思った』

「アレクト様……」

『本当のそなたに会えて、よかった』

アルメリアは目を閉じ、深く息をついた。

そして顔を上げる。

「では、約束です。私が何でも一つ、お望みを叶《かな》えて差し上げます」

御前《ごぜん》試合での結果は、ロックフェルトの勝利だった。その直後に矢を射られたせいでうやむやになっていたが、賭《か》けに勝ったアレクトは、アルメリアに何でも一つ言うことを聞いてもらう権利を得たのである。

それにアルメリアとしても、せめてもの罪滅《つみほろ》ぼしがしたかった。

アレクトを見ると胸が痛んだ。まるで、未来の自分を見ているようで。

──この人は、ティルザを喪《うしな》った私だ。

ティルザと自分、いつまでも二人きりでいられればいいと、本気でそう思ってきた。

だがアレクトは、たった一人のルシオラ姫《ひめ》を喪ってしまった。頼《たよ》るべきもの、信じられるものの全《すべ》てをなくして、自己の存在理由すら揺らいでいる。

月明かりに照らされ、アレクトの弱々しい筆跡《ひっせき》が白紙に浮《う》かび上がった。

『本当に何でも聞いてくれるのか？』

「約束は守ります」

と、アルメリアは請《う》け合う。

そのとき、小さなはめ殺しの窓がガタガタと鳴り、室内の温度が急激に下がり始めた。

「何？」

「分からない」

アルメリアの問いかけに、ティルザが低く答える。

「警戒《けいかい》して、姉さん」

灰色の雲は流れ、強い風に千切れてゆく。ヴェールを剝《は》がされた月はいっそう青い輝《かがや》きを放つ。遠く、海鳴りのような風の音《ね》がした。

「殿下《でんか》、こちらへ」

壁際《かべぎわ》にアレクトを導くと、ティルザとアルメリアは並んで彼をかばう体勢を取った。

風の音が激しさを増している。まるで大気が唸《うな》り声を上げているようだ。

『黙《だま》っていたことがある』

手渡《てわた》された紙には、震《ふる》える手で書かれた字が並んでいた。

「……アレクト様？」

姉弟《きょうだい》が顔を見合わせていると、アレクトは紙とペンをティルザに返し、唇《くちびる》を動かそうとした。

そのとき、

「誰《だれ》か来る」

気配に気づいたティルザが、鋭《するど》く言って二人を床《ゆか》に伏《ふ》せさせた。

鎧《よろい》と甲冑《かっちゅう》の擦《こす》れる音、ゴッドアイの連中が駆《か》けつけてくるには早すぎる。

礼儀《れいぎ》正しくドアがノックされる音が三回、聞こえてきたのは優《やさ》しい声だった。

「アレクト殿下、お迎《むか》えに参りました。どうぞここをお開けください」

──どうして？　この場所はイーディスと、数名の人間しか知らないはず。

アルメリアはティルザを見た。彼は黙っているようにと目顔で言い含める。

「あなたは誰です」

闇に向かってティルザが言葉を放《ほう》り投げた。すると、すぐに返事がある。

「ゴッドアイのネイトです。ここは危険なので、別の場所に移るようにとイーディス様が」

──ネイト？

たしか、この屋敷《やしき》で下働きをしている若者だ。アルメリアは目を細めた。

アレクトは立ち上がろうとしたが、ティルザが首を振って押し止《とど》める。

「罠《わな》です。ここを動いては駄目《だめ》だ」

再びドアがしつこく繰《く》り返しノックされる。

「大丈夫《だいじょうぶ》。ここにはゴッドアイのメンバーにしか解除できない魔法陣が敷《し》かれています」

アレクトの不安な表情に気づいて、ティルザが宥《なだ》めるように言った。

そうだ、こんなのはネイトを騙《かた》った偽者《にせもの》に決まっている。偽者には魔法陣を解除することなどできはしない。

「やはり、そうでしたか」

突然《とつぜん》ドアが開いて聖騎士《きし》の姿が現れ、アルメリアは息を呑《の》んだ。

ティルザが素早《すばや》くナイフを投げつけるが、背後にいた三人の騎士が剣《けん》でそれを弾《はじ》き返す。そこにはネイトの姿もあった。

——どうして……！

中央にいる男に、アルメリアは見覚えがあった。

「リシュエル・キース副団長……」

「御機嫌《ごきげん》よう、シルヴィア殿《どの》」

瑠璃色《るりいろ》の勲章《くんしょう》が飾《かざ》られた胸に手を添《そ》え、リシュエルは優雅《ゆうが》に一礼した。

「随分《ずいぶん》とお姿が違《ちが》いますが、お声ですぐあなただと分かりましたよ。殿下を攫いに来た、可愛《かわい》らしい盗賊《とうぞく》さん」

「お褒《ほ》めに与《あずか》り光栄ですわ」

アルメリアは皮肉に笑ってみせる。

「しかし、こうして見るとやはり殿下はご無事のようだ。驚きですね……どのような《まじない》を使ったのか、教えていただけませんか」

ティルザの肩《かた》が強張《こわば》る。アルメリアの前に立ちはだかり、リシュエルから彼女を隠《かく》すように両腕《りょううで》を伸《の》ばした。

「お気をつけください。この者の《まじない》は強力だと、イーディス様が言っておられました」

背後で、どこか虚《うつ》ろな目をしたネイトが言った。それに、つき従っている騎士たち三人も、明らかに目つきが普通《ふつう》ではない。能面のように無表情で不気味だった。

五対三で頭数でも不利な上に、相手は王国騎士団《アストラルナイツ》でも指折りの精鋭《せいえい》だ。太刀打《たちう》ちできるとは思えない。

アルメリアは少しでも時間稼《かせ》ぎしようと口を開いた。

「ネイト。あなた、ゴッドアイを裏切ったの?」

ネイトは口の中でぶつぶつと何事か呟《つぶや》いている。

「あんなにイーディスを慕《した》っていたのに、どうして」

「無駄《むだ》ですよ」

と言うと、リシュエルはネイトの肩に手を置いた。すると、彼の瞳がいっそう妖《あや》しく輝く。

「あなたの声は彼には届かない」

「……《まじない》だ」

ティルザが苦々しく吐《は》き捨てた。

「ああやって触《ふ》れることで、対象者を操《あやつ》れるんだ」

アルメリアが事態を把握《はあく》するのとほぼ同時に、リシュエルが手を伸ばして言った。

「さあ、アレクト様をこちらへ渡《わた》していただきましょうか」

「殿下をどうする気」

「もちろん王宮へお戻《もど》りいただくのですよ」

アルメリアは目をすがめる。

「本当のことを言っているとは思えないけど？」

リシュエルは薄《うす》く笑うと、指先を伸ばして合図した。途端《とたん》に三人の騎士が、こちらに向かって突《つ》っ込んでくる。

――やっぱり……！

アルメリアは歯嚙《はが》みした。

――この人たち、最初からアレクト殿下を殺そうとしている。

御前試合のときと同じだ。彼らは王国騎士団《アストラルナイツ》とは別で、王子を取り戻しに来たのではなく、殺しに来たのだ。

アレクト王子を突き飛ばし、自分はナイフを持って腰《こし》をかがめ、力を溜《た》めて間合いより奥に飛び込んでいく。長い剣を振《ふ》り回す相手に、ナイフは圧倒《あっとう》的に不利だ。だが、一度懐《ふところ》に入ってしまえば、小柄《こがら》で小回りが利《き》くからこそできる戦い方があった。

腕《うで》を斬《き》りつけ、相手が剣を取り落としたところを足払《あしばら》いをかけて転ばせる。ティルザを見ると、彼は一人にナイフを投げつけ、もう一人に当て身を食《く》らわせたところだった。

だが、体重の軽い二人の攻撃《こうげき》では致命傷《ちめいしょう》を与《あた》えられず、三人は立ち上がると、奇妙《きみょう》に無表情なままさらなる攻撃を加えてきた。

唯一《ゆいいつ》リシュエルだけが、ドアの近くで高みの見物を続けている。

――ティルザは。

反射的に見やったアルメリアの腹に、痛烈《つうれつ》な蹴《け》りが入った。

「ぐっ……！」

「姉さん!!」

吹《ふ》っ飛んで頭から床に叩《たた》きつけられる。吐き気が込み上げ、切った唇から血が流れる。意識が遠ざかり、目の前が霞《かす》む。アルメリアは壮絶《そうぜつ》な痛みに震えながら手を伸ばした。

あのとき――自分が見捨てて逃《に》げたとき、ティルザの絶望はこんなものではなかったはずだ。

せめて一生かけて償《つぐな》いたい――決して許されることはなくとも。

「ティルザ……アレクト様……」

髪《かみ》を引っ張られて無理やり起き上がらせられると、誰かの腕が顎《あご》の下を絞《し》めつけた。どうやらリシュエルが自分の体を拘束《こうそく》しているらしい。

「姉さんを放せっ!!!」

ティルザが激昂《げっこう》している。アルメリアでさえ見たことのない表情だった。

二人のほうへ駆け出したティルザを背後から騎士が斬りつけ、血しぶきが上がった。

「いやあっ!!　ティルザっ!!」

悲鳴を上げたアルメリアだったが、容赦《ようしゃ》なく取り押さえられる。

「力を抜《ぬ》いて、身を委《ゆだ》ねなさい」

リシュエルに耳元で囁《ささや》かれてぐったりと脱力《だつりょく》する。気味の悪い感覚と、《まじない》の力が液体のように頭に流れ込んできて、くらくらした。操られまいと必死で自我を保とうとしたが、目の前が暗くなってゆく。

そのときだった。

「そこまでだ」

声と同時に凄《すさ》まじい突風《とっぷう》が巻き起こり、アルメリアは体が宙に浮《う》くのを感じた。

リシュエルは体勢を崩《くず》し、騎士たちとネイトは壁《かべ》に頭を強打して動かなくなる。

そしてアレクトとティルザの周囲を守るように、風の障壁《しょうへき》が覆《おお》った。

――この風は……。

薄れゆく意識の中で、アルメリアは誰かの腕が自分を抱《だ》きとめるのを感じた。

「よく頑張《がんば》ったな」

耳元で囁く声は、確かにイーディスのものだった。

――何で……何で来るのよ。

両親を殺した仇《かたき》なのに。自分を助ける必要なんてないのに。

――教えてよ。あなたは誰？

――私は、あなたを憎《にく》めばいいの？　それとも……。

思いは声にならず、混乱に包まれたままアルメリアの意識は途切《とぎ》れた。


アルメリアを抱いて宙に浮かびながら、イーディスは人差し指でリシュエルを指した。すると風は白刃《はくじん》と化し、リシュエルの鎧《よろい》を砕《くだ》いて皮膚《ひふ》を切り裂《さ》く。

「くっ……！」

リシュエルはとっさに急所をかばったが無傷ではすまず、腕や足から血を流している。

イーディスは彼を見下ろして告げた。

「お前を少々買いかぶっていたよ、副団長殿。騎士団を正面からぶつけている隙《すき》に、別動隊でアレクト殿下《でんか》を狙《ねら》ってくるところまでは読んでたんだが……まさか、のこのこと自分で屋敷まで乗り込んでくる間抜《まぬ》けだとはな」

「事情が変わりましたのでね」

「事情？」

イーディスは目を細めた。

リシュエルはにやりと笑う。

「殿下のお命は、あのとき確実に頂戴《ちょうだい》したはず。その殿下を蘇生《そせい》したのがこの娘《むすめ》の《まじない》ならば、その力、是《ぜ》が非でも我がものにしたい」

アレクトがはっと顔を上げてリシュエルを見た。

「あいにくだが、お前ごときにこいつはやれねえよ」

冗談《じょうだん》めかした口調だったが、イーディスの目の底には冷たい光が宿っている。

「さあ、それはどうでしょうね」

リシュエルは優雅《ゆうが》に微笑《ほほえ》むと、アルメリアに向かって言った。

「目覚めなさい」

その途端、腕の中でアルメリアが覚醒《かくせい》し、イーディスはぎょっとした。

「その男を殺しなさい」

アルメリアは命令に反応し、イーディスの腰にある短剣《たんけん》を抜いて喉《のど》を突こうとする。

「うおっ」

とイーディスは声を上げ、手で剣の峰《みね》を握《にぎ》って止めようとするが、激しい抵抗《ていこう》に遭《あ》い、そのまま揉《も》み合いになる。

バランスを崩し、やむを得ず、イーディスは空中から床《ゆか》に降り立った。

「おいおい、お嬢《じょう》さん。冗談《じょうだん》はやめてくれよ」

しかし、アルメリアは言うことを聞かず、剣を構え直す。

「相手に触れてなくても、一定時間は《まじない》の効果が続くってことか……厄介《やっかい》だな」

イーディスは舌打ちする。剣を握りしめた手から血が流れていた。

アルメリアの目は虚《うつ》ろに淀《よど》んでおり、殺気をまとっている。

背後でアレクトが動こうとする気配を感じ、イーディスは首を振った。

「殿下。心配ありませんので、どうぞ動かずにいらしてください」

アルメリアの行動を見るに、恐《おそ》らくこの《まじない》で同時に複数の命令を与えることはできないようだ。ということは、今アルメリアがアレクトを襲《おそ》う心配はないと考えていい。

イーディスは両手を肩《かた》の高さまで上げると、アルメリアに静かに問いかけた。

「俺を殺したいか？」

アルメリアの瞳《ひとみ》がかすかに揺《ゆ》らいだ。

「まあ、そりゃそうだわな。お前、俺のこと嫌《きら》いだもんなー」

イーディスは笑う。背後に隠《かく》した手から、血が流れては床にこぼれ落ちた。

アルメリアの目をひたと見つめ、真顔で告げる。

「殺したきゃ殺せよ。ただし、お前自身の意志でやれ。……こんな男に操《あやつ》られて俺を殺すなんて、お前はそんな情けない奴《やつ》じゃないだろ」

今度ははっきりと、アルメリアの動きが鈍《にぶ》った。唇《くちびる》がかすかに震《ふる》えている。

「何をしている。早くその男を殺しなさい」

リシュエルが命じながら再びアルメリアに触《ふ》れようとしたため、イーディスは「させるか」

と突風を起こしてリシュエルの足を縫《ぬ》い止める。

そして両手を広げて言った。

「来いよ、アルメリア」

アルメリアは一瞬《いっしゅん》、その場で立ちすくんだように見えた。

しかし、すぐに握っていた剣に力を込めると、声を上げてイーディスに突進《とっしん》する。

「うっ……！」

振《ふ》り上げた剣先《けんさき》が頬《ほお》をかすめて血が滲《にじ》む。イーディスはアルメリアの手首をひねって剣を振り落とすと、そのまま抱きかかえるようにして拘束した。

「悪いが、今は殺されてやらねえよ。俺はまだ死ぬわけにはいかないんでね」

荒《あら》い息で呟《つぶや》き、手を縦にしてうなじに振り下ろす。アルメリアはぐったりと動かなくなった。

イーディスが彼女を風の障壁の中に入れると、アレクトが入れ替《か》わりでそこから進み出る。

「殿下」

イーディスが止めようとしたが、アレクトは、覚悟《かくご》の宿った瞳で言った。

「リシュエル。御前《ごぜん》試合で私を射たのはそなた++だな」

イーディスもリシュエルも、一瞬、驚《おどろ》いたように目を瞬《しばた》かせた。

だが、リシュエルはすぐに体勢を立て直すと、胸に手を添《そ》えて丁重《ていちょう》に答える。

「仰《おお》せのとおりにございます、殿下」

――アルメリアの報告では、ルシオラ姫《ひめ》の名以外で、アレクト王子が自発的に言葉を発したことはない。

イーディスは眉《まゆ》を寄せた。

これは何を意味するのだろう。吉兆《きっちょう》か、あるいは凶兆《きょうちょう》なのか。

ともかくアレクトをかばおうと、イーディスは一歩前に進み出る。

「お下がりください、殿下。ここは私が」

「その必要はない」

アレクトの声は空間を支配し、部屋中に響《ひび》き渡《わた》った。

「アルメリアは命を懸《か》けて私を救ってくれた。今度は私がそれに報《むく》いる番だ」

普段《ふだん》の気弱な表情とは比べものにならないほど、その表情は真剣《しんけん》で、王者の気概《きがい》がこもっていた。強い意志を感じ取り、イーディスは黙《だま》って引き下がる。

アレクトはリシュエルのそばに歩み寄り、その瞳を覗《のぞ》き込んで言った。

「リシュエル。なぜそなたは私を殺そうとする」

「あの方の恩義に報いるためです。私にはこの道以外、残されてはいない」

リシュエルは剣の柄《つか》に手をかける。イーディスは体の周囲に風を集め、いつでも《まじない》を発動させられるよう臨戦態勢に入った。

アレクトは凜《りん》とした声で続ける。

「では、もう一つ問う。そなたは己《おのれ》が正しいことをしていると、本心から思っているのか」

リシュエルは微笑んだまま答えない。代わりに剣を抜いて構えた。

「殿下、お覚悟を」

それを見てアレクトは、哀《かな》しい瞳で笑った。

「覚悟をするのはそなたのほうだ。……さらばだ、リシュエル」

その途端《とたん》、リシュエルが「うっ」とうめき声を上げた。剣を取り落とし、胸を押さえて苦しみ始める。その表情に浮かぶのは苦悶《くもん》と恐怖《きょうふ》、そして何が起こったのか理解できないという疑問だった。

「殿下」

反撃《はんげき》を恐れ、イーディスはとっさにアレクトの前に出たが、彼は冷静にリシュエルを見下ろ
している。そのあまりに澄《す》んだ目に、イーディスはぞっとした。

やがてリシュエルの瞳が絶望に染まり、唇から白い泡《あわ》を吹《ふ》く。そして大きく二、三度痙攣《けいれん》す
ると、その体は動かなくなった。

イーディスは、リシュエルの脈と呼吸を見て死亡を確認《かくにん》すると、言った。

「……《まじない》の力をお使いになったのですね」

「ああ。もう二度と使いたくはなかったが……仕方がない。アルメリアのためなら、私は人殺
しの汚名《おめい》を着よう」

アレクトは顔を上げ、決意のこもった面持《おもも》ちで言った。

イーディスは軽く唇をすぼめると、しばらく沈黙《ちんもく》してから口を開く。

「それほどの覚悟がおありなら、どうか私にご協力ください。アルメリアを守るためにも、殿

下の《まじない》の力がどのようなものか教えていただきたい」

アレクト は頷《うなず》いた。

「質問の答えが偽証《ぎしょう》や沈黙であれば、私の《まじない》はその者の心の臓を握り潰《つぶ》す。ただし、発動には一つ条件がある。相手の目を見て問いかけるということだ。

恐ろしい力ゆえ、母上は私が十分に成長するまでは、一切《いっさい》言葉を発することを禁じられた。けれども幼かった私は、《まじない》を試《ため》してみたくてたまらず、一番仲のよかった女官《にょかん》に問いかけた。『私が好きか？』と」

惨憺《さんたん》たる結果を想像し、イーディスは目を伏《ふ》せる。

「女官は笑顔《えがお》で『はい』と答えた直後に死んだ。私は……取り返しのつかないことをした。その後はずっと後宮に閉じこもり、力を厳重に封《ふう》じ込め、罪を償《つぐな》うために死ぬまで一人きりで暮らそうと思っていた」

けれども王子は、最愛のルシオラ姫と出会ってしまった。

「ルシオラは人殺しの私を許してくれた。許されて余計に苦しかった。これからどうやって生きていけばいいのかと……国と民《たみ》を統《す》べるに相応《ふさわ》しい人間になることを、もう一度目指していくべきなのかと……迷って」

勇気が出ず、ぐずぐずしているうちに、政争に巻き込まれて彼女は死んでしまった。

「王位など要《い》らないと言っても、私がこの国にいる限り、後継者《こうけいしゃ》を巡《めぐ》る争いはなくならない。味方してくれる者は、みんな巻き込まれて死んでいく。もし継承権《けいしょうけん》を放棄《ほうき》して外の世界へ行けば、別の場所で別の人生を送れるのかと……考えたりもするんだ」

——皮肉だな。

イーディスは心の中で呟いた。

暗く狭《せま》い王宮の箱庭、アレクト王子にとってそこが全《すべ》てだった。

けれども今、開国の気運が高まり、水平線の彼方《かなた》へと世界は広がっている。

開国を、自由を、誰《だれ》より望んでいるのが、この国で最も恵《めぐ》まれた身分である彼だとは。

「……アルメリア？」

アレクトの声にイーディスは我に返ったが、それよりも彼女が動くほうが早かった。


アルメリアはリシュエルの前にしゃがみ込み、その体を抱《だ》きしめるようにして目を閉じる。

輝《かがや》かしい白光が夜を貫《つらぬ》き、さんざめくような明るい波となって広がった。

あまりの眩《まぶ》しさに目を手で覆《おお》っていたアレクトは、リシュエルの頰に血の気が戻《もど》り始めたのを見て驚愕《きょうがく》した。

「これが……そなたの《まじない》か」

「はい、アレクト様」

「どうしてリシュエルを？」

決まっています、とアルメリアはきっぱり言った。

「あなたにこれ以上、人殺しをさせたくないからです」

「……聞いていたのか」

アルメリアは頷いた。

《まじない》が解けて意識が戻った後、風の防護壁《ぼうごへき》の中からアレクトの声を聞き、リシュエルが苦しみ死んでゆくのを見た。アレクトのためにも、そのまま放《ほう》っておくことはできなかった。

「頼《たの》む。この力でルシオラを生き返らせてくれ」

縋《すが》る瞳《ひとみ》でアレクトは言った。

──お母様のおっしゃったとおりだ。

招魂《しょうこん》の《まじない》を見れば、誰もが大切な人を蘇《よみがえ》らせてほしいと願う。この命が救われれば、次の命を。この世界に死が存在する限り、その欲望《よくぼう》に終わりはない。

予想できていたことだったので、アルメリアは落ちついていた。アレクトの瞳を見つめたまま、ゆっくりと首を振る。

「それはできません。死後一定時間が過ぎると、『離魂《りこん》』といって魂《たましい》は体から離《はな》れてしまいます。ルシオラ姫の魂はもう……」

自分の手を見おろし、アルメリアは苦い表情になる。

「仮に生き返らせることができたとしても、魂の寿命《じゅみょう》を延ばすことはできないのです。もう一度、死の苦しみを味わわせることもあります。この《まじない》は、殺すよりも残酷《ざんこく》な力です。

だから二度と使いたくはありませんでした。殿下《でんか》がご自分の力を封じていらしたように」

アルメリアはアレクトの両手を取って握《にぎ》りしめた。

「アレクト様。あなたは自身の力の恐《おそ》ろしさに、犯《おか》した罪の重さに怯《おび》えていらっしゃる。でもそれは、どんなに引き離そうとしても永遠について回るものです。外の世界に行こうが、王子でなくなろうが、自分をやめることはできないのですから」

蒼《あお》い水晶《すいしょう》の瞳は、ひたとアレクトのエメラルドグリーンの瞳に据《す》えられている。

「逃《に》げることと、自由になることは違《ちが》います。王位を継《つ》ぐにしても、国を出るにしても、その前にあなたは己自身と向き合わなければなりません。自分のしてきたことを認めて、過去を受け入れた先に、これから行く道があります。自分で選んで、自分で決めて、自分で未来を作ってください。国のためではなく、あなたのために」

握りしめた両手の指先に、温かい灯《あか》りがともる。アレクトの目の縁《ふち》は赤く滲《にじ》んでいた。

「いつか……自分を許せる日が来るだろうか」

アルメリアは穏《おだ》やかに微笑《ほほえ》んだ。

「私自身も、そうなりたいと願っています」

扉《とびら》が開き、ベオを筆頭にゴッドアイのメンバーが続々と部屋に集まってきた。

「イーディス様、ご無事ですか」

「問題ない」

「しかし、お怪我《けが》が」

右手から流れている血を見て、ベオは顔をしかめる。アルメリアははっとした。

――あの傷って……。

イーディスは邪険《じゃけん》に首を振《ふ》ると、リシュエルを顎《あご》で示した。

「こいつを捕縛《ほばく》して、無効魔法陣《まほうじん》の部屋に繋《つな》いどけ。直接触《さわ》るなよ、洗脳されるぞ」

「御意《ぎょい》」

リシュエルは厳重に拘束《こうそく》された上で別室に連行されていく。ティルザもまた、手当てを受けて医師のもとに搬送《はんそう》された。

それを見送ると、イーディスはアルメリアの方を振り向いて言った。

「よう、ご苦労さん」

「……何がご苦労さんよ」

「あれ？　お得意のティルザティルザ攻撃《こうげき》はどうしたよ」

アルメリアは茶化《ちゃか》してくる彼を睨《にら》みつけたものの、どう切り出せばいいか分からなかった。

ティルザが心配なのはもちろんだが、操《あやつ》られて彼を傷つけたことを謝らなければ。そう思うのだが、言葉がうまく出てこない。

「……あの」

「イーディス」

そこへ、人垣《ひとがき》が割れてアレクトが現れた。

イーディスは姿勢を正して応じる。

「いかがなさいましたか、アレクト殿下」

「そなたらの目的は国を開くこと、そのために私を利用するのだろう。ならば条件がある」

「何でしょう」

「約束してくれ。私の友人であるアルメリアとティルザを、あらゆる危険から守り抜《ぬ》くと」

ゴッドアイのメンバーの間にざわめきが起こった。

――アレクト殿下。

一斉《いっせい》に注がれる視線を感じながら、アルメリアはアレクトを見た。アレクトは頷いてみせる。

王子の友人。それはローランシア王国が、正式にアストリッド家の生き残りであるアルメリアとティルザの存在を認めたということだ。

イーディスは優雅《ゆうが》な所作で片膝《かたひざ》をつき、胸に手を当てて恭順《きょうじゅん》の礼を示した。

「ご安心ください、殿下。あなた様の御身《おんみ》をお守りするのと同様、この二人は我々が責任を持って預かり受けます。決して誰にも危害は加えさせません」

アレクトはイーディスの目を見つめて言った。

「その言葉、嘘《うそ》ではなかろうな」

「偽《いつわ》りなき本心にございます」

命懸《いのちが》けの質問を、イーディスは目を逸《そ》らさず真正面から受けて立つ。

しばらくの間、周囲に厳《おごそ》かな沈黙《ちんもく》が満ちた。

やがてアレクトは「そうか」と何度も頷《うなず》き、嬉《うれ》しそうに満面の笑みを見せた。

「では、その誓《ちか》いが真実である限り、私も誓おう。命の恩人であるそなたたちを、決して裏切らないと」

群衆がどよめき、歓喜《かんき》の雄叫《おたけ》びが起こった。

「ありがたきお言葉、光栄の至りに存じます」

イーディスはにっこり微笑んだ。

「アレクト様、万歳《ばんざい》！」

「王子殿下に栄光あれ！」

歓声《かんせい》が上がり、ゴッドアイのメンバーの士気が否応《いやおう》なしに盛り上がっていく。

「全て計画どおり、ってところかしら」

喧騒《けんそう》の中、アルメリアが小声で呟《つぶや》くと、イーディスは首を振った。

「そうでもねえよ。殿下の能力も予想してはいたが……ここまでとは思ってなかったしな」

と言い、アルメリアの頭に手を置く。

「ま、一番の予想外はお前だったけどな」

「……私？」

アルメリアは自分を指さして問いかける。イーディスは苦笑《くしょう》したが、何も答えなかった。

そして、アルメリアを促《うなが》して部屋を出る。

「ティルザの部屋まで送る。処置を終えて今は眠《ねむ》ってるはずだ」

「……いいの？」

アルメリアは安堵《あんど》しつつも、拍子抜《ひょうしぬ》けして問いかけた。

「当たり前だろ。で、お前もさっさと休め。《まじない》使って疲《つか》れてるだろ」

「私とティルザで逃げ出すかもしれないわよ」

イーディスはにやりとした。

「そのときは、また見つけ出して捕《つか》まえるだけだ。何度でもな」

確信のこもった台詞《せりふ》に、アルメリアは思わず笑った。さっきまでは立っているだけで精一杯《せいいっぱい》だったが、希望が活力となり、しっかりとした足取りでティルザのもとに向かう。

イーディスの横顔を見上げ、アルメリアは思った。

——ローランシアの秘宝。

かつて父ジャスティス・アストリッドは、開国を目指し、命懸けでこの国を変えようとした。

そして今、父とは全く別の形でイーディスが時代を動かそうとしている。

今ここが、自分にとっても、この国にとっても分岐《ぶんき》点である——そんな気がした。


——そして紫紺《しこん》の空に光がきらめき、夜明けがやってくる。

「まさか、王国騎士団《アストラルナイツ》も太刀《たち》打ちできぬとはな。大した奴《やつ》らよ」

謁見《えっけん》の間に集められた家臣たちを前に、女王ビルキスは泰然《たいぜん》たる態度で言った。

「陛下、わたくしめにお任せください。必ずや賊《ぞく》どもの息の根を止めてみせます。この期《ご》に及《およ》んで、アレクト様が生きておられるなどという望みは、もはやお持ちなさいますな。仇討《あだう》ちは、どうかこのメラニーにお命じください」

宰相《さいしょう》メラニーを高みから見下ろし、ビルキスは扇《おうぎ》で口元を覆《おお》う。

「とある騎士より、ゴッドアイの総領はお前の縁者《えんじゃ》だという報告が上がっているが、本当か？」

並みいる大臣たちが宰相に冷ややかな視線を注ぐ。メラニーには武力にまつわる黒い噂《うわさ》が絶えない。ゴッドアイと陰《かげ》で繋がり、資金援助《えんじょ》をしているという噂や、私兵のように利用しているという噂もあった。

だが、指摘《してき》を受けても、メラニーは微動《びどう》だにしなかった。

「とんでもございません。根も葉もない臆測《おくそく》にございます」

「ゴッドアイとそなたには、何ら繋がりはないと申すのだな」

「はい。神かけて」

堂々と言ってのけるメラニーに、ビルキスはすうっと目を細めた。

「……嘘つきの口ほどよく回る」

騎士団長ロックフェルトが、「陛下」と発言しかけたのを手で制する。

そして、よく通る声で言った。

「メラニー・レリスタット宰相。本日そなたをここへ召喚《しょうかん》したのは他《ほか》でもない、御前《ごぜん》試合においてアレクトを射た者が王宮に出頭したゆえだ」

ロックフェルトの指示で、騎士二人に連行されて現れたのはリシュエル副騎士団長だった。

あまりに有名な人物に、謁見の間はどよめきに包まれる。

「リシュエル様が？　そんな馬鹿《ばか》な」

「しかし、本人が出頭したと陛下はおっしゃっているのだぞ」

「副団長ともあろう御方《おかた》が、なぜ王子のお命を狙《ねら》うのだ」

「何かの間違《まちが》いだろう？　そうに決まっている」

「静まれ」

女王が手にした錫杖《しゃくじょう》で床《ゆか》を打ち鳴らすと、水を打ったように辺りは静寂《せいじゃく》に包まれた。

ビルキスは敢《あ》えてゆっくりと全員の顔を見回すと、低い声で言った。

「この者は、ある人物に依頼《いらい》され、周到《しゅうとう》な計画のもとに王子を狙撃《そげき》した。牡羊《アリエス》隊のピラトの食事に下剤《げざい》を仕込んだことも認めている。ピラトほどの精鋭《せいえい》であれば、アレクト狙撃の際、殺気に気づき、ロックフェルトと共に狙撃手の居場所を突《つ》き止める可能性があった。その点アルヴィスは足手まといになりこそすれ、狙撃の妨《さまた》げにはならない。企《くわだ》ては功を奏し、狙撃の最中、ロックフェルトは見事にアルヴィスをかばって足止めを食ったというわけだ」

リシュエルは深くこうべを垂れたまま動かない。ロックフェルトはかつての同僚《どうりょう》を複雑な表情で見やった。

「それだけではない。この者はまた、ルシオラ姫《ひめ》に毒を盛らせた人物にも心当たりがあるそうだ。――のう、メラニー？　誰《だれ》だと思う」

意味深な問いかけに、その場の空気が張りつめる。

メラニーはリシュエルを指さし、大声で言った。

「陛下。そのような逆賊《ぎゃくぞく》の言葉に耳を貸してはなりません。陛下ともあろうお方が讒言《ざんげん》に惑《まど》わされては、反逆者の思う壺《つぼ》にございます。その者は恐《おそ》らくゴッドアイの刺客《しかく》。わたくし自ら取り調べて、必ずや証拠《しょうこ》を」

「それは違《ちが》うな」

メラニーの長広舌《ちょうこうぜつ》を一刀両断し、ビルキスはさも愉快《ゆかい》そうに告げる。

「なぜなら、リシュエルを捕縛《ほばく》し連行したのは、他ならぬゴッドアイなのだから」

女王が手を打ち鳴らすと扉《とびら》が開き、イーディスやベオといったゴッドアイの幹部に交ざって、アルメリアとティルザが姿を現した。

謁見の間に、どこからともなく一陣《いちじん》の風が吹き抜《ぬ》ける。

イーディスと目が合った瞬間《しゅんかん》、メラニーは愕然《がくぜん》とした表情で呟いた。

「そなた……その目はまさか……」

夜の黒髪《くろかみ》、緋色《ひいろ》の瞳《ひとみ》。

それはかつて身を焦《こ》がすほど恋《こい》し、拒絶《きょぜつ》され、とうとう力ずくで手に入れた女の面影《おもかげ》を、そのまま写し取ったかのような忘れ形見であった。

「ゴッドアイ二代目総領、イーディス・クラウンと申します。以後お見知りおきを」

貴族にも引けを取らぬ典雅《てんが》な物腰《ものごし》と、涼《すず》やかな声が辺りを圧倒《あっとう》する。

「これは一本取られましたな。姫様もお人が悪い」

枢密院《すうみついん》議長が顎髭《あごひげ》を指でのんびりともてあそび、ビルキスは笑《え》みを浮《う》かべる。

「姫様はやめろと言っているだろう、トリアーデ」

「いやはや、爺《じい》は感激しておりますよ。長生きはするものですなあ」

ようやく察したメラニーの顔色が、みるみるうちに青ざめた。

そう、全《すべ》てはビルキス女王の手のひらの上。

ゴッドアイに王子の誘拐《ゆうかい》を依頼したのは、女王自身。犯行声明の内容も女王が指示したものだ。一連の騒動《そうどう》は全て、開国を推《お》し進めるための策。

「もうそなたに逃《に》げ場はない。詰《つ》みだ、メラニー」

長らく空席だった女王の隣席《りんせき》、アレクト王子から放たれた声に全員の視線が向かう。

正装のアレクトは、凛々《りり》しく威厳《いげん》を帯びた姿で告げた。

「ルシオラを殺させたのはそなただな。心して答えよ、我が問いに偽証《ぎしょう》せし者は命をもって償《つぐな》うことになるぞ」

他の者は知らなくとも、メラニーだけはその言葉の真の意味を理解していた。

偽証殺し《フェイク・キラー》。

その能力でアレクトが女官《にょかん》を殺し、それが原因で後宮に引きこもっていたことをメラニーは知っている。ただ、発動条件を知るのは女王とイーディス、アルメリアのみだった。

顔を伏《ふ》せたまま、メラニーの額に脂汗《あぶらあせ》が浮かぶ。

そして、ぐ、とうめき声を上げると、ようやくこう言った。

「……仰《おお》せのとおりにございます」

謁見の間全体が大きく揺《ゆ》れるほどの衝撃《しょうげき》にどよめいた。

公《おおやけ》の場で宰相が自ら罪を認めるとは、まさに驚天動地《きょうてんどうち》の事態だった。

「その者を拘束《こうそく》せよ。処分決定まで爵位《しゃくい》を一時剝奪《はくだつ》し、所有財産は全て凍結《とうけつ》する」

「御意《ぎょい》」

女王の命に恭《うやうや》しく敬礼し、ロックフェルトがメラニーの手に枷《かせ》をはめる。

「さて、ゴッドアイの諸君。こうしてアレクトを賊の手より守り、罪人を捕《と》らえてくれたこと、心より礼を言う」

明朗快活に女王が述べ、もはやその場にいる全員が気づいた。

女王が描《えが》いたシナリオ、その中核《ちゅうかく》を担《にな》う彼らを表舞台《おもてぶたい》に上げることこそが、今回の事件の真の目的だったのだと。

「これより略式ではあるが、叙勲式《じょくんしき》を行う。ガリア商会会長及びゴッドアイ総領、イーディス・クラウン。前へ出よ」

王座のもとに進み出たイーディスの両肩《りょうかた》に、女王の差し出した白銀の剣《けん》が触《ふ》れる。

「そなたを卿の身分に叙《じょ》し、騎士の称号《しょうごう》を授《さず》ける」

「なりません、陛下。その者は、」

なおもメラニーが食い下がったが、女王は意に介《かい》さなかった。

「ガリア商会は我が国の産業発展の要《かなめ》。ゴッドアイは商人の身の安全を確保し、地域の治安維持《い》持《じ》に努めている。今までの功績も十分だ。爵位を与《あた》えるに不足はあるまい」

ゴッドアイが自治組織だというのは、あくまで表向きの話だ。しかし、確たる悪事の証拠がない以上、反論はできない。かといって、ここでアストリッド家暗殺の件を持ち出せば、メラニー自身がゴッドアイと繋《つな》がりがあると証明することになってしまう。罪状が増え、余計に身を危《あや》うくするだけだ。

メラニーはがくりと項垂《うなだ》れた。

「ちょっと待った！」

謁見の間の扉が大きく音を立てて開かれ、現れたのはアルヴィスだった。

白を基調とした優美な騎士服を身にまとってはいるが、髪《かみ》は乱れ、肩で荒《あら》い息をしている。

「何の用だ、アルヴィス。父親の助命嘆願《たんがん》にでも来たか」

女王に問われてアルヴィスは父が捕縛されていることに気づき、ぎょっとした。

「父上！　これは一体どういうことですか」

メラニーは苦々しい顔で息子《むすこ》から目を背《そむ》ける。

「父上！」

詰め寄ろうとしたところを他の騎士《きし》たちに羽交《はが》い締《じ》めにされ、アルヴィスは叫《さけ》んだ。

「つまみ出せ」

ロックフェルトが命じたが、その彼を女王が手を上げて制する。

「相変わらず空気をぶち壊《こわ》すのが得意だな、お前は」

豪胆《ごうたん》に笑うビルキスに、アルヴィスは「陛下」と食い下がった。

「わたくしは陛下にお伝えしなければならないのです。創成の魔導師《まどうし》たるレリスタットの《まじない》を、その血を継《つ》がずして使う者がいると」

黙《だま》っていたメラニーが顔色を変えた。

「やめろ、アルヴィス」

だが、アルヴィスは止まらなかった。

「その者は先のゴッドアイ討伐《とうばつ》戦において、禍々《まがまが》しいほどの威力《いりょく》で竜巻《たつまき》を起こし、牡羊《アリエス》隊を壊《かい》滅《めつ》状態に追い込みました。わたくしも吹き飛ばされたのですが、奇跡《きせき》的に無傷で生き永らえることができたのです」

「それはよかった」

と応じたのは、事もあろうにイーディス本人だった。

アルヴィスはようやく彼がいたことに気づき、ゴッドアイの面々が打ち揃《そろ》っているのを見て驚愕《きょうがく》した。

「お前たちは、殿下《でんか》を攫《さら》った賊《ぞく》ではないか！」

メラニーはもはや頭を抱《かか》えてうずくまっている。

女王の闊達《かったつ》な笑い声が謁見《えっけん》の間に響《ひび》き渡《わた》った。

「アルヴィス、もうよい。話は分かった」

「しかし！」

「連れていけ」

今度こそ女王が命じ、アルヴィスは引きずられるようにして謁見の間から連行されていく。

しゃにむに暴れながら肩越《かたご》しに何とか振《ふ》り向いて、彼はイーディス目がけて叫んだ。

「イーディス・クラウン！　お前は一体何者だ‼　答えろ‼!」

イーディスは優雅《ゆうが》に微笑《びしょう》し、手のひらを軽く上に向ける。それだけで彼の周囲に風が集まり、吹き抜けてアルヴィスの前髪《まえがみ》を散らした。

——それが答えだった。

「もしかすると私にも、あなたと同じ血が流れているのかもしれません。しかし、そんなことはどうでもいい。家柄《いえがら》や血筋や創成の魔導師とやらに興味はないのでね」

アルヴィスは顔を歪《ゆが》め、

「くそっ、くそぉおっ‼」

と、激しい咆哮《ほうこう》を残して扉の向こうへ消えた。

「さて」

辺りが静まり返る中、女王は気楽な表情で切り出した。

「ゴッドアイは我が息子アレクトを守り、このとおり王宮へ無事に返してくれた。今度は私が彼らの要求に応《こた》える番だ」

厳《おごそ》かな沈黙《ちんもく》の中、全員の表情に期待と畏怖《いふ》が横切った。

「皆《みな》の者、よく聞け。私はこれよりローランシア王国を開国する」

彼女はアレクトを手で示して告げる。

「開国後は他国との親睦《しんぼく》を図《はか》るため、王国使節団を派遣《はけん》。特命全権大使はアレクトとする。また、ゴッドアイは大使直属の護衛隊として任務に随行《ずいこう》し、あらゆる危険から大使を守ることを命じる」

女王の宣言に周囲の者たちは顔色を変えたが、イーディスは軽く笑みを浮かべて言った。

「帰国後は当然、それなりの褒美《ほうび》をいただけるのでしょうね」

「功績に応じてな」

女王は不敵に笑う。

これでゴッドアイは国から武力を持つことを正式に認可《にんか》され、王子の身辺に侍《はべ》ることを許され、地位と役職を得た。王宮に確固たる地盤《じばん》を築いたのだ。

誰《だれ》もが事の重大性に気づき、謁見の間全体が浮《う》き足立っている。

「アルメリア」

そのとき、王子が春の陽《ひ》だまりのような笑顔《えがお》で手を伸《の》べた。

「あのとき、私と約束したのを覚えているね。賭《か》けに勝ったら、言うことを何でも一つ聞いてくれると」

「はい。殿下」

「一緒《いっしょ》に来てほしい」

「御心《みこころ》のままに」

アルメリアは胸に手を当てて応じる。

その表情に迷いはなく、美しいコーンフラワーブルーの瞳《ひとみ》には覚悟《かくご》が宿っていた。

「ティルザ・アストリッド」

その言葉に反応したのはメラニーだけではなかった。

ティルザが前へ進み出たのを見て、ようやく集められた全員がそこにいる姉弟《きょうだい》の正体に気づいたのだった。

「そなたをアストリッド家の正統後継者《こうけいしゃ》と認め、卿伯《けいはく》の地位を授ける。王国使節団の副使として、アルメリアと共に王子を補佐《ほさ》せよ」

「御意にございます」

ティルザが膝《ひざ》をついて誓約《せいやく》すると、再び大きなどよめきが巻き起こった。

「アストリッド国務大臣の」

「あの家は滅亡《めつぼう》したはずでは」

「しかし、言われてみればジャスティス様に目元が似ておられる」

「五年も経《た》って、なぜ突然《とつぜん》。偽者《にせもの》ではないのか」

ざわめきがやまない中、アルメリアの不安げな面持《おもも》ちに気づいたのか、イーディスがその手を取って握《にぎ》りしめる。驚《おどろ》いてアルメリアは顔を上げたが、イーディスは平気な顔のまま手を放そうとしなかった。

女王はゆっくり辺りを見回すと、口を開いた。

「皆も知るように、国務大臣ジャスティス・アストリッドは五年前、奥方と共に暗殺された。表向きは一家心中ということになっているがな。しかし、二人の子どもは奇跡的に生き残り、今日まで生き延びてきたというわけだ」

その口調には含《ふく》むところが多分にあったが、賢明《けんめい》にも誰も口を差し挟《はさ》まなかった。

「さて、今後のことだが、魔導結界《アルス・マグナ》を解き次第《しだい》、王国使節団は親書と共に外界へ渡ってもらう。主たる目的は諸国との友好親善、及《およ》び文物視察と調査である。——異存はなかろうな」

女王の最後の問いに、その場にいたゴッドアイの全員が打ち揃って敬礼した。

「承服致《いた》しました」

美しく明朗な声でイーディスは答える。

女王の瞳は大海原《おおうなばら》の彼方《かなた》を見渡《みわた》し、未知に挑《いど》む意気をみなぎらせる。

「我が忠実な手足となり、存分に才を示せ。そなたらの働きに期待している」

錫杖《しやくじよう》が床《ゆか》に打ちつけられる、その厳粛《げんしゆく》な響きをもって、彼らは女王陛下のしもべとなった。


アストリッド家の屋敷《やしき》は、首都アスケラの南東にあった。イーディスの屋敷からは、東に千メルほど離れた場所だ。

ペパーミントグリーンと白を基調とした瀟洒《しようしや》な館《やかた》は、今は焼け落ちて跡形《あとかた》もない。アリーと遊び回った小さな庭も、母が弾《ひ》いたピアノも、父が愛した膨大《ぼうだい》な書物も、全《すべ》ては記憶《きおく》に留《とど》められているだけだ。

しっかりと固く手を繋《つな》いだまま、アルメリアとティルザは屋敷跡に立っていた。

戻《もど》ってきたのだ——ようやく。

ここまで来るのに、五年もかかってしまった。

「ティルザ。傷の具合は大丈夫《だいじようぶ》？」

問いかけると、ティルザはにこっとした。

「もう平気だよ。何度も言ったでしょ」

「でも……後ろから斬《き》られたのよ？　まだ安静にしてないと」

「大丈夫。イーディスさんが腕《うで》の確かな医者に診《み》せてくれたから」

と、ティルザは請《う》け合い、軽く両腕《りょううで》を回してみせた。

元気そうな様子に、アルメリアはほっと息をつく。

「不思議だね。親の仇《かたき》に命を救われるなんて」

ぽつりと言ったティルザの前髪を、風が淩って吹《ふ》き散らす。さわさわと、焼け跡に生えた草木が囁《ささや》くように揺《ゆ》れた。

アルメリアは俯《うつむ》いた。

こうしてティルザと二人きりになるのは久しぶりだ。監視《かんし》もついていない。今日一日は自由にしていいとイーディスが許可してくれたのだった。

本来なら嬉《うれ》しくてたまらないはずなのに、アルメリアはなぜか落ちつかない気分だった。イーディスの屋敷に忍《しの》び込む前と今では、何かが違《ちが》っている。だが、それが何なのか、うまく言い表すことはできなかった。

「分からないの。あの人を憎《にく》めばいいのか、信じればいいのか」

本心が口をついて出た、それを皮切りに、気がつけばアルメリアは話し出していた。

「あのとき……あの人が助けに来てくれたとき、すごく安心した。でも、よく考えたら、あの行動って変なのよね。アレクト殿下を助けるならともかく、私たちを助ける必要なんてどこにもないんだから」

うん、とティルザは頷《うなず》いた。

「あの人はゴッドアイの総領で、ゴッドアイはお父様の暗殺に関《かか》わってる。だけど、その生き残りである私たちを、あの人は殺さず、最終的には助けてくれた。最初は利用しようとしてるだけなのかと思ったけど、ちゃんと報酬《ほうしゅう》を払《はら》ってくれたし、今は本当に客分として扱《あつか》ってくれてる。矛盾《むじゅん》してるのよね」

アルメリアは首を傾《かし》げる。

ここ数日、ずっと混乱していた。イーディスは王宮に呼び出されたり、事件の後処理をしたりで忙《いそが》しく、ほとんど顔を合わせることはなかったので、考える時間はたっぷりあった。けれど、考えても考えても、答えを出すことはできなかった。

「考えても分からないなら、本人に聞いてみるしかないかもね」

淡々《たんたん》と言うティルザに、アルメリアは溜息《ためいき》をつく。

「それができるなら苦労はしないわよ……。毎日夜中まで帰ってこないし、屋敷にいたらいたで引っ張りだこだし。大体、何で私から聞かなきゃいけないわけ？　自分でやってることなんだから、自分で説明すればいいのに」

「もう逃《に》げようって言わないんだね、姉さん」

指摘《してき》されて、アルメリアは息を呑《の》んだ。

「今なら逃げ切れるかもよ。監視はないし、イーディスさんも忙しいし」

どうする？　とティルザは静かに尋《たず》ねる。

「それは……ティルザも言ったじゃない。逃げたって無駄《むだ》なんだからやめようって」

我ながら言い訳めいた口調になり、語尾《ごび》が尻《しり》すぼみに消えた。

ティルザは微笑《ほほえ》んでいる。その瞳にかすかなからかいの色があることに気づいて、アルメリアは頰《ほお》を膨《ふく》らませた。

「もう。ティルザったら意地悪なんだから」

「ごめんごめん」

こんな他愛《たわい》もないやりとりをしたのは、何年ぶりだろう。今まで自分もティルザも生きることに精一杯《せいいっぱい》で、必死で、罪悪感に押しつぶされそうで。笑ったり冗談《じょうだん》を言える日が来るなんて、想像もできなかった。

それが今、こんなにも心穏《こころおだ》やかにいられる。

始まりの場所、全てを喪《うしな》った場所に立っているというのに。

「多分さ、イーディスさんは姉さんが思ってるほど、酷《ひど》い人ではないと思うよ」

アルメリアが視線を向けると、ティルザはつけ加えた。

「多分だけどね」

「多分……ねえ」

甚《はなは》だ不安定な弟の評価に、アルメリアは苦笑《くしょう》する。

「あの人の場合、発言じゃなくて行動を見たほうがいいかもね。ちょっと偽悪《ぎあく》的なところがあるけど、最初からずっとイーディスさんは僕らに協力的だったと思うよ」

「でも、五年前の事件は？」

「それは話で聞いただけだ。実際に目の前で、あの人が父さんと母さんを殺したのを見たわけじゃない。それに、あのときの話は途中《とちゅう》で終わっちゃったしね」

「それはちょっと、都合よすぎる考え方じゃない？」

疑念の眼差《まなざ》しで問いかけると、ティルザは諭《さと》すように言った。

「姉さんも、本当はもう分かってるんでしょ？　イーディスさんはそんな悪い人じゃないって。信じたいと思ってるんだよ。だから不安なんだ。信じて裏切られたら辛《つら》いから」

アルメリアは黙《だま》り込んだ。

──そうなのかもしれない。

イーディスは、幻想《げんそう》を打ち砕《くだ》く者だ。アルメリアをティルザと二人きりの居心地《いごこち》のいい世界から無理やり引きずり出し、容赦《ようしゃ》なく現実を突《つ》きつける。苦しみも希望も、不安も喜びも、アルメリアが直視できず、逃げ続けてきた鮮《あざ》やかな感情を思い出させる。

味方であれば怖《こわ》くない。敵だと割り切ってしまえば辛くない。けれどイーディスは、そのどちらでもあり、どちらでもない。それが怖いのだ。

本当は──もう一度、ちゃんと話をしてみたい。彼の思いを聞いてみたい。信じて受け入れ、受け入れられたい。それが叶《かな》うかどうか分からない。だから、不安で落ちつかないのだ。

「僕はイーディスさんに感謝してるよ。あの人のおかげで、僕はティルザ・アストリッドに戻れた。こうしてもう一度、父さんと母さんの前に立つことができたんだから」

アルメリアは打たれたように顔を上げた。

そうだ。五年前、自分たちは一度死に、公《おおやけ》に存在することのできない亡霊《ぼうれい》となった。

そんな自分たちにイーディスは役目を与《あた》え、守り、そして再びこの世界に蘇《よみがえ》らせてくれた。

「《まじない》のこと……誰《だれ》にも言わないって約束してくれたの。それを使って、誰かを生き返らせろとも言わなかった」

独り言のようにアルメリアは言った。

この王国の最も尊い身分であるアレクトでさえ、招魂《しょうこん》の《まじない》を懇願《こんがん》した。それを使ってルシオラを蘇らせてくれと。リシュエルは招魂の力を欲《ほっ》し、目の色を変えてアルメリアを奪《うば》いに来た。

ただ一人、イーディスだけが、《まじない》の力を知っても態度を変えなかった。むしろアルメリアの体を労《いた》わり、課せられた重荷を理解しようとしてくれた。

あのとき交《か》わした約束は、きっと果たされるだろう。この先イーディスは招魂の《まじない》を、それを利用しようと企《たくら》む者から守ってくれるに違いない。

アルメリアは大きく息を吸い込むと、言った。

「ティルザ」

「何？　姉さん」

「私……もう一度、イーディスと話してみる」

ティルザは微笑み、繋がれた手を優《やさ》しく握《にぎ》り返す。

「それがいいと思うよ」

進水式の前夜、クラウン家の屋敷では、ガリア商会主催《しゅさい》の盛大な宴《うたげ》が催《もよお》されていた。

王宮関係者や貴族や資本家ら賓客《ひんきゃく》を招いた晩餐《ばんさん》会が開かれ、イーディスの挨拶《あいさつ》が終わると、大広間で舞踏《ぶとう》会が始まる。

アルメリアの出で立《い》ちは、桃色《ももいろ》の薄《うす》い生地《きじ》を幾重《いくえ》にも重ね合せたドレスで、おろした髪《かみ》には百合《ゆり》の花を飾《かざ》り、耳と首元には真珠《しんじゅ》のイヤリングとネックレスが光っている。イーディスにより半ば無理やり着飾《きかざ》らされたおかげで、好意と野心のまざった、ぎらついた目で押し寄せてくる連中に辟易《へきえき》していた。

「アルメリア嬢《じょう》。ぜひ一曲、私と踊《おど》っていただきたい」

「乗馬にご興味はありますか？　今度、私と一緒《いっしょ》に遠駆《とおが》けに参りましょう」

「今宵《こよい》はひと際《きわ》お美しい。あなたにぴったりの指輪を贈《おく》らせていただけませんか」

予想していたことだったが、アルメリアの立場は極《きわ》めて微妙《びみょう》だった。

鮮烈《せんれつ》な印象を残して消えた『ローランシアの秘宝』、故アストリッド大臣の娘《むすめ》。弟ティルザと共に王国使節団の副使として任命されたのは、父親譲《ゆず》りの政治的才能を女王が期待しているため――というのが自分に対する大方の見解らしい。とはいえ副使は名誉《めいよ》職であり、正式な政務官の職についているわけではない。それに十六歳にしかならない小娘《こむすめ》で、将来性は不明瞭《ふめいりょう》だ。

自分たちがゴッドアイの手厚い庇護《ひご》下に置かれていることも、注目される理由の一つだ。イーディス・クラウンは自らに利をもたらす者しか傍《そば》には置かないが、仲間と認めた者はどんなことがあっても守り、力添《ちからぞ》えをする。その正確無比な御眼鏡《おめがね》にかなったというだけでも、ただ者ではない。そう噂《うわさ》されているのは自覚していた。

口々に畳《たた》みかけられる質問を曖昧《あいまい》な笑顔《えがお》でやりすごし、アルメリアはバルコニーへ出た。花壇《かだん》と噴水《ふんすい》、丁寧《ていねい》に手入れされた夜の庭を見下ろして息をつく。ここから出立して後宮に上がったのが、たった二月《ふたつき》ほど前のこととは信じられなかった。

晩餐会の前、アルメリアの元に届けられた書状には、こう記されていた。

【息子《むすこ》の命を救ってくれたこと、礼を言う。】

差出人の名前こそなかったが、封蠟《ふうろう》に刻まれた薔薇《ばら》の紋章《もんしょう》が全てを物語っていた。

「イーディス様」

隣《となり》のバルコニーで声がして、アルメリアはとっさに身を伏《ふ》せた。イーディスとベオの会話が聞こえてくる。

「ん？」

「トリアーデ枢機卿《すうききょう》がお見えです」

「腹が痛いんで休んでるって伝えてくれ」

「何言ってるんですか」

「だって俺、あのじいさん苦手なんだよ。煮《に》ても焼いても食えねえっつうか」

「そういうわけにもいかないでしょう。あなたはもう貴族なんですから、それなりの仕事をしていただかないと」

　やや険のある口調でベオが言い返し、イーディスは屈託《くったく》なく笑った。

「何怒《おこ》ってんだよ」

　ベオは沈黙《ちんもく》していたかと思うと、思い切ったように告げる。

「俺は何があってもイーディス様についていきますから。たとえ、あなたの出自がどんなものであっても」

「ああ、そのことか」

　ようやく合点《がてん》がいったのか、イーディスは呟《つぶや》いた。

「別に隠《かく》してたわけじゃないんだけどな。本当に興味がないんだよ。アルヴィス坊《ぼ》っちゃんには悪いが、俺はクラウン家の男で商人だ。それ以外の何者にもなれないし、なりたくもない」

　──本当に？

　訝《いぶか》っていたアルメリアは、

「よう、お嬢さん」

　と背後から声をかけられて悲鳴を上げた。

　いつの間にかイーディスが宙を飛び、アルメリアの後ろにふわりと着地していた。

「な、な、なっ……！」

「面白《おもしれ》ぇ顔」

　と言って頬《ほお》をつつかれ、真っ赤になる。

ベオは不満げな顔をしたが、「先に行きますよ」と言い残すと、肩《かた》をすくめて去っていった。

「捜《さが》したぞ。パーティーの主役が、こんなところで盗《ぬす》み聞きか？」

「そっちこそ。お客様がいらしてるんでしょ？　さっさと行ってきなさいよ」

「嫌《いや》だね」

子どものようにそっぽを向いたイーディスに、やれやれと肩をすくめる。

「弟君と一緒にいなくていいのか？」

自分の上着をアルメリアのむき出しの肩に羽織らせながら、イーディスは尋《たず》ねる。

「いいのよ。ここなら安全だし……ティルザも一人になりたいだろうから」

小声で呟いた語尾《ごび》が聞こえたかどうか、アルメリアは確かめようとも思わなかった。

髪に飾られた百合の甘い芳香《ほうこう》が、闇夜《やみよ》に漂《ただよ》っている。イーディスは雪のような花弁をそっと撫《な》でた。

「似合ってるよ」

「やめてくれる？」

とアルメリアは両手で押しのけた。

「ただでさえ、私、あなたの女だとか言われてるんだから」

イーディスは「ははっ」と笑う。

「いっそ本当に結婚《けっこん》するか。《まじない》も見せてもらったことだし」

「馬鹿《ばか》言わないで」

アルメリアはふくれっ面《つら》でそっぽを向く。

「まあ、そう怒るなって」

その瞳《ひとみ》を覗《のぞ》き込んで笑うと、イーディスは「庭でも散歩するか」と気楽に言った。

二人は植え込みに彩《いろど》られた小道を散策しながら、ぽつりぽつりと会話を交わす。

「飯は食えたか？」

「ええ。おいしかった」

「そりゃよかった」

なぜか満足げなイーディスに、アルメリアは首を傾《かし》げる。

しばらくしてから言った。

「ねえ、サラさんのことだけど」

「ああ」

イーディスは頷《うなず》くと、すぐに言った。

「元気にしてるよ。リュートもな。勤め先で重宝されてるようだ」

「そう……」

ほっとしたように、アルメリアは胸を押さえた。

「働いて、飯食って、温かいベッドで眠《ねむ》って。そういう当たり前の毎日が、いきなり奪われるときがあるんだよな」

イーディスは遠い目で言った。

「俺もお前たちと同じで、身寄りがない子どもだった。母親は小さい頃《ころ》に病気で死んで、親父《おやじ》のもとに引き取られるまでの間は盗みでも何でもやった。金がなきゃ、何の正論も役に立たない。生きていくためには金が必要で、その金を得るのがどれだけ大変か、そのことは誰《だれ》より分かってるつもりだよ」

アルメリアは目を細めた。

「宰相《さいしょう》は、あなたを引き取らなかったの？」

イーディスは肩をすくめる。

「母親はあいつのもとから逃《に》げ出して俺を産んだからな。そもそも俺は父親の顔も知らなかった。事情を知ったのは、クラウン家に引き取られてからだ」

風《ゆ》に揺れる梢《こずえ》の葉のささやきを聞きながら、アルメリアは天を仰《あお》いだ。

「……だから、あなたはゴッドアイを作ったのね」

イーディスの目を見つめて言う。

「私たちみたいな、身寄りのない子どもだけじゃない。凶作《きょうさく》で税金を払《はら》えなくて農地を追い出された人、怪我《けが》や病気で働けない人。結局みんな、犯罪しなきゃ生きていけなくなる。捕《つか》まれば矯正施設《きょうせいしせつ》に放《ほう》り込まれて、劣悪《れつあく》な環境《かんきょう》で働かされる。期間を終えて出所したところで仕事もないし、飢《う》えと貧困と病気の泥沼《どろぬま》から抜《ぬ》け出すことは一生できない。そういう仕組みになってるんだって、お父様とお母様が死んで初めて分かったの。それまでは、そんな現実があることに見向きもしなかった」

イーディスは黙《だま》って耳を傾《かたむ》けている。

「ガリア商会やゴッドアイは、全部じゃないけどそういう人たちを救ってた。仕事を与《あた》えて、居場所を与えて、食べさせてあげて。その仕組みを作ったあなたの父親がいて、目的はどうあれお金を出した宰相がいて、実際に組織を動かしているあなたがいたから、助けられた人もいた。誰が何と言おうと、これは事実よ」

それは父ジャスティスが、大臣という政治的立場からでは成しえなかったことだった。法律の網《あみ》からこぼれ落ちてしまった人たちのことを、二つの組織は守ってきたのだ。ガリア商会は表を、ゴッドアイは裏を担《にな》いながら。そして、イーディスはそれを受け継《つ》いでいる。

「国や政治で救うことができない人たちを守るため。ガリア商会やゴッドアイって、そのためにあるんでしょう？　あなたが開国を推《お》し進めるのも、販路《はんろ》を拡大したり外貨を獲得《かくとく》して、ローランシアを豊かにするためよね」

「そりゃ買いかぶりすぎだ、お嬢《じょう》さん」

イーディスは喉《のど》の奥で笑った。

「俺は商人だからな。商人ってのは、利益を上げてなんぼの世界だ。その利益が時には国と対立するなら、自分の身は自分で守るしかない。だから親父とゴッドアイを作った。別に慈善《じぜん》事業でやってるわけじゃねえよ」

イーディスは自分の顔を指差して言う。

「それに俺は、お前たちの両親の仇《かたき》だしな」

「そうね」

と答え、アルメリアは真っすぐイーディスの目を見つめた。

「でも、あの話には続きがあるんでしょう？」

イーディスが目を瞠《みは》る。

「……なぜそう思う」

心臓が高鳴っている。

アルメリアはゆっくりと息をつき、正しく思いを伝えるための言葉を選んだ。

「あなたは、メラニー宰相がお父様の暗殺をゴッドアイに依頼《いらい》したと言ったけど、誰が直接手を下したかについては言わなかった。何より、もしジャスティス・アストリッドがあなたにとってただの敵だったなら、その遺志を継いで開国しようなんて思わなかったはず。だから、何か理由があるんでしょう。違《ちが》う？」

イーディスはまじまじとアルメリアを見つめていたかと思うと、突然吹《とつぜんふ》き出した。

体を二つに折り、腹を抱《かか》えて笑い転げる彼に、アルメリアは白い眼差《まなざ》しを向ける。

「……何よその反応は」

「いやー、悪い悪い。やっぱりお前、面白《おもしろ》いわ」

「人が真面目《まじめ》な話をしてるんだから、茶化《ちゃか》さないで答えなさいよ」

「茶化してねえよ。何もかもご明察なんで感心してるんだ」

ごく静かな声でイーディスは言うと、天空の月を仰いだ。

淡《あわ》い光は青い水のように大気をひたし、アルメリアの頬を明るく濡《ぬ》らしている。

「……あの日も満月だった。メラニーが親父のところに依頼に来た日」

その瞳は深い憂《うれ》いに沈《しず》んでいた。

「親父は……先代総領のヴォルチェ・クラウンは、お前も調べて知ってるだろうが豪傑《ごうけつ》だった。根っからの商人で、一代で商《あきな》いを大きくして……アストリッド国務大臣とは対立関係にあった」

ジャスティスは国内の産業を発展させるため助成金の制度を作ったが、一方でガリア商会の勢力が増し、国内一強になることを危惧《きぐ》していた。また商業組合が商人の安全のためという名目で用心棒という武力を持つことについては、法律を作って禁じようとした。その法の網の目をヴォルチェがかいくぐれば、また次の法律をジャスティスが作り出す。いたちごっこが続く最中、ジャスティス暗殺の依頼がメラニーによって持ち込まれたという。

「俺は反対した。確かにアストリッド大臣の政策とは相容《あいい》れない部分も多い。だが、あの人は宰相なんかよりずっと筋の通った人だ。魔法陣《まほうじん》以外これといった資源もないローランシアが商業的に発展したのも、大臣の力によるところが大きい。それに開国派の噂《うわさ》は俺たちにも届いていた。開国すれば商売の幅《はば》は大きく広がる。国のためにも、今俺たちが殺していい相手じゃないと思った」

「じゃあ、どうして」

アルメリアが問うと、イーディスは沈痛《ちんつう》な面持《おもも》ちで言った。

「……親父も迷っていたようだったが、結局は俺の言葉を容れてメラニーの要求を拒絶《きょぜつ》した。親父にとっちゃ、メラニーは最大のスポンサーだ。依頼を断ればコネを失い、金銭面でも政治的にも大きな痛手をこうむるのは分かっていたはずだ。

それでも断ったのは、俺の意志を尊重してくれたからだろう。親父は、俺がメラニーの庶子《しょし》だと知っていたからな」

ほかならぬ実の息子《むすこ》であるイーディスが、父であるメラニー宰相と手を切れと進言したのだ。その覚悟《かくご》が後押しになり、ヴォルチェ・クラウンは決断に踏《ふ》み切ったに違いない。

「あなたはそのとき、宰相と会ったの？」

「いや、会わなかった。会えばばれる危険があったし、ばれたら何かと面倒《めんどう》だろ。それに俺も興味はなかった」

「興味がない……」

それはアルメリアにとって、理解しがたい感覚だった。

生まれて一度も会ったことのない父親と、会いたいと思わない息子がいるのだろうか。

「話はそれで終わったんだが、あいつは知ってのとおり姑息《こそく》でなー。引き下がったとみせかけて、ゴッドアイに所属してた末端《まったん》の武装構成員に裏で声をかけて、口止め料と称《しょう》して法外な値段で買収したわけ。でもって、勝手に暗殺を実行しやがった」

イーディスの緋色《ひいろ》の目は怒《いか》りに燃えていた。

「当時は俺も詰《つ》めが甘くてな……言い訳にはならんだろうが、そこまで気が回らなかった。組織が急速に拡大していく中で、人員の管理が行き届かなくなっていたんだ。部下の不審《ふしん》な動きに少しでも気づいていたらと、今でも後悔《こうかい》してるよ」

——そうだったんだ……。

ジャスティス暗殺は、イーディスの本意ではなかった。あの事件はメラニーの策略により、彼の目の届かないところで起こってしまった。

アルメリアは胸の中に、すとんと答えが収まるのを感じた。

起こったことは変わらない。両親が殺され、自分たちが深い傷を負ったことは事実だ。

けれど、それをイーディスが主導したのではなく、むしろ止めようとしてくれていたのは、せめてもの救いだった。

「だから……あなたは、お父様の遺志を継ぐと言ったのね」

そして『ローランシアの秘宝』、ジャスティスが生きていれば成し遂《と》げたであろうことを行った。暗殺を止めることができなかった、罪滅《つみほろ》ぼしのために。

「最初はそのつもりだった。けど途中《とちゅう》から、開国は俺自身の望みになっていた」

「あなた自身の？」

聞き返すと、イーディスは照れたように笑った。

「俺は商売敵《がたき》のことも調べ尽《つ》くす性分《しょうぶん》でね。ジャスティス様のことは昔からよく知ってる。直接顔を合わせたのは数回きりだが、正直言って憧《あこが》れてた。あの人の背中を追ううちに、いつの間にか、俺もこの国を開国したいと考えるようになっていたんだ」

アルメリアは息を呑《の》んだ。

――そんなにお父様のことを慕《した》ってたなんて。

イーディスと話していると、時折、父の姿が重なった。もしかすると、それは、父とイーディスが同じ理想を見つめていたからなのかもしれない。

イーディスは深く頭を下げた。

「すまなかった。暗殺を食い止められなかったのは、俺の責任だ。あの人が作る国の未来を見てみたいと、誰《だれ》もが望んでいたのに」

アルメリアの唇《くちびる》が震《ふる》え出す。

「お前たち姉弟《きょうだい》が生きていると知って、必死で捜《さが》したよ。せめて、お前とティルザだけでも守れたらと思った」

「なのに見つけた途端《とたん》、捕《つか》まえたり利用したりしたわけね？」

敢《あ》えて軽い調子で言い返すと、イーディスはきまり悪そうに頭をかく。

「いや……それはだな、理由もなく守るって言っても信じないだろうし、事情を説明したところで、結局は親の仇だろ。そんな相手に守られるのも嫌《いや》だろうと思ったんだよ」

「まあ、確かにそのとおりだったけどね」

アルメリアは肩《かた》をすくめた。

そして真正面からイーディスの目を見ると、言った。

「ちゃんと言ってなかったから、今言っておく。副団長に操《あやつ》られたとき、怪我《けが》させちゃってごめんなさい。それと……守ってくれてありがとう」

「それはこっちの台詞《せりふ》だよ」

イーディスは柔《やわ》らかな表情で言った。

「お前がいたから、ティルザもアレクト殿下《でんか》も助かった。助けるのが遅《おそ》くなって悪かったな」

不覚にも目頭《めがしら》が熱くなって、アルメリアは顔を背《そむ》けた。

「お前はいつも、ティルザを守るために必死だったな。今までそうやって無我夢中で駆《か》け抜《ぬ》けてきたんだろ。自分はどれだけ傷ついてもいいからって」

どきりとして、アルメリアは息を呑んだ。――そのとおりだった。

傷ついてもいい、死んでもいい。それがティルザのためなら、罪滅ぼしになるのなら。

ずっと、そう思ってきた。

「もう二度と……二度と目の前で誰かに死なれたくないの。ティルザはもちろん、ほかの誰であっても」

アルメリアの声はしっかりしていたが、蒼《あお》い瞳《ひとみ》は潤《うる》んで揺《ゆ》れていた。

「アルメリア」

名前を呼ばれたかと思うと、イーディスの腕《うで》に抱《だ》きしめられていた。

「もう二度と《まじない》を使うな。そんな目に遭《あ》わせないように、お前のこともティルザのことも守るから」

アルメリアは目を閉じると、イーディスの腕の中で頷《うなず》いた。

——それは本当に本当に、心の底から欲しかった言葉だった。

「それと、少しでいいから自分のことも大切にしろ。ティルザが傷つくとお前が悲しいように、お前が傷つくと悲しむ奴《やつ》がいるって、いいかげん気づけ」

イーディスの腕に力がこもる。アルメリアは、温かい感情が自分の中に流れ込んでくるのを感じた。

どれぐらいの間、その状態でいただろうか。

とても長い時間だった気もするし、一瞬《いっしゅん》のような気もした。

腕を離《はな》されると、アルメリアは神妙《しんみょう》な顔で言った。

「誰かを守って死ぬなんて、そんなの自己満足よね。そんなことされたって、守られた人も喜ばない。分かってたはずなのに、ずっと逃《に》げてたの」

震える息をつく。

「今まで、ティルザと二人きりでいられれば、それでいいって思ってた。でもアレクト様を見て、間違《まちが》ってたんだと気づいたの。二人きりの世界は脆《もろ》くて、いつか壊《こわ》れてしまうものなのよ。今すぐは無理かもしれない。でも、私はいつかティルザを解放してあげたい。自分の足でちゃんと歩ける人間になりたい。だから……」

アルメリアは顔を上げて言った。

「私を、あなたたちの船に乗せてください」

その凛《りん》とした眼差《まなざ》しを受けて、イーディスは頷いた。

「いい覚悟だ」

怖《こわ》くはないのかと問われ、アルメリアは小さく舌を出した。

「本音を言うとね、やっぱり少し怖い。でも、わくわくもしてるし……それに」

「それに？」

「あなたも一緒《いっしょ》に行くんでしょう？」

イーディスは一瞬、虚《きょ》を突《つ》かれた表情をしたが、やがて微笑《ほほえ》んだ。

「ああ。もちろん」

胸が高鳴る。期待と不安、希望と恐怖《きょうふ》がないまぜになって押し寄せてくる。

しかし、それは決して嫌な感覚ではなかった。

この道がどこに繋《つな》がっているかは分からない。けれど、少なくとも今は、彼と共に歩みたい。

「イーディス」

名前を呼ぶと、思いがけず澄《す》んだ声が響《ひび》いた。イーディスがはっと息を呑む。

アルメリアは穏《おだ》やかに微笑むと、言った。

「……ありがとう」

イーディスは一瞬、愛《いと》しい者を見つめるように目を細める。

だが、すぐにいつもの不敵な表情に戻《もど》ると、アルメリアの手の甲《こう》に口づけた。

「どういたしまして」

一月《ひとつき》ほど後、ローランシア王国使節団は出航する。

伝説を乗せた船の名は、メメント・モリ。

風をはらんだ帆《ほ》が大海原《おおうなばら》を白く切り取り、一直線に船は突き進む。

——彼らを待ち受ける、大いなる運命へと向かって。

あとがき

初めまして。この本をお手に取っていただき、ありがとうございます。橘《たちばな》むつみと申します。

本作品は、主人公のアルメリアが民間軍事組織《そしき》『ゴッドアイ』の総領《そうりょう》イーディスと出会い、任務に挑《いど》む中で、一国を揺《ゆ》るがす大事件に巻き込まれていく――という物語です。

この作品で第十六回角川ビーンズ小説大賞にて奨励賞《しょうれいしょう》をいただき、このたび出版の運びとなりました。選考に携《たずさ》わってくださった皆様《みなさま》、編集部の方々に、改めて御礼《おれい》申し上げます。

物心ついた頃《ころ》からお話を作るのが好きでしたが、自分の作品を世に問うというのは、一人で書いてきた今までとは全く違《ちが》っていました。出版までにこんなにもたくさんのプロセスがあり、多くの方が直接的にも間接的にも関《かか》わってくださることを知り、驚《おどろ》きと喜びの連続でした。

イラストを描《か》いてくださった新井《あらい》テル子《こ》先生、本当にありがとうございます。どのキャラクターも美しく魅力的《みりょくてき》で、ラフ画を頂くたびに感動していました。彼らの生き生きと輝《かがや》く姿を見ることが、執筆《しっぴつ》を前へ進める原動力となりました。

担当様は、右も左も分からない赤ん坊《ぼう》状態の私を、温かく丁寧《ていねい》に導いてくださいました。記念すべき処女作を担当していただけたのは、私にとって最高の幸運でした。ありがとうございます。

他にも校閲《こうえつ》、印刷、流通の皆様、また書店の皆様、この本に関わってくださった全《すべ》ての方に、心より感謝申し上げます。

そして角川ビーンズ文庫を愛読し、私に応募《おうぼ》を勧《すす》めてくれた姉や、小説家になる夢を支えてくれた家族、最初の読者となってくれた才色兼備《さいしょくけんび》な友人たち、恩師や恩人の皆様、あなた方のおかげでここまで来ることができました。ありがとうございます!!

最後に、この本をお手に取ってくださった読者様。星の数ほどある本の中で、あなたに出会えたことを嬉《うれ》しく思います。立っても座っても、寝転《ねころ》びながらでも、好きなときに好きなだけ楽しんでいただけると幸いです。

ご縁《えん》があれば、いつかまたお会いできると思います。そのときまでどうかお元気で。

橘　むつみ

「ローランシアの秘宝を継ぎし者 往け、世界はこの手の中に」の感想をお寄せください。
おたよりのあて先
〒102-8078 東京都千代田区富士見1-8-19
株式会社KADOKAWA 角川ビーンズ文庫編集部気付
「橘むつみ」先生・「新井テル子」先生
また、編集部へのご意見ご希望は、同じ住所で「ビーンズ文庫編集部」
までお寄せください。

ローランシアの秘宝《ひほう》を継《つ》ぎし者《もの》

往《ゆ》け、世界《せかい》はこの手《て》の中《なか》に

橘《たちばな》むつみ

角川ビーンズ文庫 BB135-1 21332

平成30年12月1日 初版発行

発行者――――三坂泰二
発 行――――株式会社KADOKAWA
〒102-8177 東京都千代田区富士見2-13-3
電話 0570-002-301(ナビダイヤル)
印刷所――――旭印刷 製本所――BBC
装幀者――――micro fish

ISBN978-4-04-107687-3 C0193 定価はカバーに表示してあります。

第18回
角川ビーンズ小説大賞
原稿募集中！
カクヨムからも応募できます！
ここが「作家」の第一歩！
賞金
大賞100万円
優秀賞 30万円
奨励賞 20万円
読者賞 10万円
締切
郵 送：2019年3月31日（当日消印有効）
WEB：2019年3月31日（23:59まで）
発表
2019年9月発表（予定）
応募の詳細は角川ビーンズ文庫公式HPで随時お知らせいたします。
https://beans.kadokawa.co.jp/
イラスト／たま